A mulher de dois esqueletos

A mulher de dois esqueletos

Julia Dantas

PORTO ALEGRE · SÃO PAULO · 2024

A selva

Era a minha vez de dormir na cama, mas a Elenita não parava de reclamar de dor nas costas, então cedi minha noite pra ela. A Dolores ficou um pouco incomodada. Eu nunca tinha cedido minha vez pra Dolores, ela era até um pouco mais velha que a Elenita, e as duas, é claro, muito mais velhas do que eu, que acabei de fazer vinte anos e nem sei bem como me meti nessa furada.

Me avisa se eu estiver falando muito rápido, não sei há quanto tempo tu é tradutora de português, mas vou te contar com calma. Fazia dez dias que a gente estava acampado. Eram mais de mil pessoas barradas entre o nada e o lugar nenhum, amontoadas nas margens do rio, sobrevivendo às custas da caridade dos moradores do povoado e de uns voluntários da Unicef que tinham montado o acampamento. A gente tinha passado a parte mais difícil da selva, entre a Colômbia e o Panamá, e a próxima travessia era pra Costa Rica, mas, do dia pra noite, as fronteiras deixaram de ser os lugares onde encontrar os coiotes para se tornarem bloqueios reais que tentavam frear a chegada desse vírus maldito. Nosso objetivo era chegar nos Estados Unidos, bom, disso o delegado aqui já sabe, tá traduzindo tudo pra ele? Mas então, lá, cada um tinha um sonho esperando. Alguns iam se reunir com parentes que tinham ido antes, outros queriam emprego, dinheiro, uma menina até sonhava em ser atriz famosa, coitada. A Elenita e a Dolores tinham expectativas mais humildes. O filho de uma delas, um garçom ilegal em Nova Iorque, tinha casado com a filha da outra, uma cabelereira em Nova Jérsei, e as duas nem queriam ficar pra morar lá, só queriam estar junto no nascimento do primeiro neto e ajudar durante uns meses com a criança. Por isso elas tinham topado viajar aquela quantidade absurda de quilômetros atravessando o inferno da selva, e isso que as duas têm, sei lá, mais idade que a minha mãe. Mas enfim, tudo à toa, porque foi tudo interrompido por esse micróbio do diabo. E eu? Eu tava indo atrás do James. É claro que naquela época eu não sabia que ele era um miserável.

A gente tinha se conhecido numa praia ridiculamente paradisíaca de areia branca e mar turquesa do Caribe colombiano, e essas coisas fazem a gente se apaixonar. Além disso, ele era bonito, muito bonito, e falava um espanhol patético que fazia o meu portunhol parecer menos lamentável, e eu gostava de me sentir mais inteligente do que ele. Ele tinha um PhD em alguma coisa muito difícil, tipo biofísica ou astrofísica ou biomedicina, sei lá, e eu não tinha nem passado no vestibular, mas agora ele dependia totalmente de mim pra pedir a comida certa no restaurante. Eu gostava de ter esse micropoder sobre aquele homem todo musculoso e todo cheio de *oh, nos Estados Unidos eu nunca vi nada tão exótico*, e, pensando agora, eu já devia ter notado aí que ele era um idiota, porque ele tava falando só de uma pamonha salgada, quem é que chama pamonha de exótico? Mas enfim, ele era bonito, muito bonito, e eu, como tu pode ver, não sou nenhuma capa de revista, né, por isso eu preciso aproveitar agora pra pegar uns caras bonitos, enquanto eu ainda tenho a vantagem de ser jovem. O próprio James, gatíssimo, só me deu bola porque ele tinha trinta e cinco anos e porque na pousada as mulheres mais bonitas não entendiam nada do que ele falava.

Mas aí eu acreditei que o James tinha começado a gostar de mim de verdade, o efeito romântico do lugar, coisa e tal, e quando chegou o dia dele voltar pra casa, o James disse que eu devia ir com ele. Fiquei surpresa, mas decidi pagar pra ver. Eu fiquei com vontade de ir, é claro, porque eu não conheço os Estados Unidos e não tinha passado no vestibular mesmo, então não restava nada pra fazer em casa e, enfim, ele era realmente muito bonito. Eu sei que tô me repetindo, mas é que não sai da minha cabeça, tu não quer mesmo ver uma foto? Tá, desculpa, eu sei que tu é só a tradutora, mas tu tá tendo que contar tudo o que eu digo pro delegado, então é melhor saber dos fatos. Tu perguntou pro delegado se ele não quer ver a foto? Tá bom. Enfim, o James foi embora pra Chicago, e eu disse que ia dar um jeito de visitar ele assim que desse. Acontece que eu não tenho sequer passaporte, nunca cheguei nem perto de um visto e até uns dias atrás nem sabia que raios era um green card, foi a Elenita que me ensinou que a filha dela tá tentando conseguir um desses. Meus pais viajam muito, mas eu sempre tive pânico de avião. Pânico real, sabe? Além do mais, sei lá, pra mim essas burocracias aí são uma merda. Eu só queria passar um tempo em Chicago.

Então quando fui ver como chegar lá, o dono da pousada disse que eu podia falar com o Rambo, e eu não tô inventando, ele disse Rambo mesmo, porque o Rambo levava pessoas pro outro lado da fronteira do Panamá, depois pra Costa Rica e aí nos entregava pra alguém que ia nos levar até os Estados Unidos, e tinha um grupo que ia sair dali uns três dias. Aí lá fui eu atrás do Rambo, né, com as lembranças do James na cabeça e os dólares que meu pai tinha me dado no bolso. O Rambo era tipo um anão, mas sem formato de anão, sabe? Um cara normal, mas bem pequeno. Aí o Rambo me explicou o percurso todo, e era um absurdo, tinha caminhão, barco, floresta, a loucura toda, e é claro que eu devia ter pulado fora quando um anão chamado Rambo disse que a gente tinha que passar quatro dias atravessando a selva tomando cuidado com as cobras e os traficantes, mas sei lá, né, o próximo vestibular ia ser só em novembro, eu tinha quase o ano todo pra espairecer. Espairecer e colocar as ideias no lugar, como diz o meu pai. Eu sei que não era isso que o meu pai tava pensando quando pagou a viagem, mas eu já tô na idade de fazer minhas próprias escolhas, né? Então, beleza, combinei com o Rambo de ir no próximo grupo dele, eram mais de mil pessoas, e a gente saía no sábado.

Olha, moça, desculpa, eu acho que me empolguei e perdi o fio da meada, porque o que eu queria contar era da noite do apagão, quando era meu direito dormir na cama mas eu deixei a Elenita pegar o meu lugar. Quando eu explicar o que aconteceu, tu e o delegado aqui vão entender o meu lado e vão ver que, no fundo, eu não fiz nada de tão errado assim e que não faz sentido me manter aqui ocupando espaço. E, moça, eu sei que quem decide é ele, mas tu podia me ajudar. Eu só quero mesmo chegar em casa, eu juro que desisti totalmente de ir pros Estados Unidos, do James, de tudo, não quero mais nada com aquele desgraçado, com aquele país todo contaminado, quero nada lá, não.

Tá bom, vou continuar contando.

O negócio é que a gente tava súper desamparado lá no acampamento. Não fosse esse coronavírus aí, era pra gente ficar só um dia ali, mas aí apareceram uns carros do governo, o povo lá da Unicef, uns militares tudo armado, e eles disseram que não iam poder deixar a gente continuar o trajeto. Porque essas coisas são uma viagem, né? Claro que ninguém lá tinha pedido visto pra porra nenhuma, mas todo mundo sabe que aquele mar de gente tá indo pros Estados Unidos pra ver se consegue alguma coisa e ninguém se mete. Mas aí com esse vírus no ar decidiram que a gente não ia poder continuar e ia ter que ficar parado lá.

A Elenita e a Dolores meio que já tinham me adotado desde antes, no caminho pela selva. Acho que elas ficaram com pena de mim, eu tava toda alérgica com os mosquitos, tive que largar um monte de roupa pelo caminho pra deixar a mochila mais leve e, além disso, acho que elas gostavam de ouvir música no meu iPhone. Então quando a gente soube que ia ter que ficar parado, já pegamos uma cama e nos organizamos pra revezar, porque tava na cara que não tinha colchão pra todo mundo. Tava tudo indo bem até dar a merda da noite do apagão. Naquela altura, eu já tinha conseguido avisar meu pai da confusão geral. Ele ficou em choque porque eu ainda não tinha contado nada, óbvio, minha ideia era avisar só quando chegasse em Chicago. Mas, bom, aí ele começou a pressionar um embaixador ou uns diplomatas, sei lá quem eram, mas tu deve saber que o Brasil tá virado num hospício, né, então meio que ninguém tava se mexendo pra me tirar de lá. Aí meu pai disse *minha filha, fica calma e fica no mesmo lugar pra eu saber onde tu tá que a gente vai dar um jeito*. Beleza, eu não tinha como ir pra lugar nenhum mesmo, então fiquei lá acampada com o povo todo. Meu pai, quando precisava mandar um recado, tentava contato com a galera da Unicef, mas o recado era sempre igual: *fica aí e espera*.

A gente ganhava umas marmitas e tomava água do rio e tomava banho também no rio, é claro que um pouco mais pra baixo, né. Os voluntários da Unicef eram pessoas muito boas, muito boas mesmo, não tenho nada pra reclamar deles, aliás, todo mundo aqui no Panamá é muito gentil, tô gostando bastante, viu? Até os moradores do povoadinho pareciam gente boa, mas eram só umas cinquenta casas antes da gente chegar, então acho que eles tavam meio assustados com aquelas mil pessoas extras ali. Parece que não gostavam muito de todo aquele movimento. De vez em quando, algum dos acampados ia até o povoado pedir um remédio, um pedaço de carne, e aí os moradores reclamavam com os militares que a gente tava incomodando. Muita gente se queixava das marmitas porque, em geral, eram vegetarianas, e acho que por isso iam até a cidade pedir um porco, tentavam roubar uma galinha. Pra mim a marmita não era ruim, porque eu tava de dieta, queria chegar mais magra lá na casa do James, pra ele poder me apresentar pros amigos dele com orgulho, sei lá, achei que ia ser legal ele ter uma namorada brasileira gostosa, é um fetiche de todo gringo, né? Não que a gente tivesse namorando, é claro, o James nem sabia que eu tava acampada no meio do Panamá, mas eu achava que a gente talvez namorasse quando eu chegasse em Chicago. Agora não quero mais, óbvio, não quero nem olhar pra cara dele.

Mas, bom, a noite do apagão: foi tudo muito de repente. Eu tava deitada no chão, a Elenita na cama, e a Dolores no chão do outro lado. Um cheiro péssimo no ar, como sempre, aquela multidão amontoada roncando, sem escovar os dentes, tinha gente chorando, gente falando, tinha até gente transando, mas isso eu nem vou comentar porque, olha, como é que consegue transar num lugar aberto daqueles, só com um cobertorzinho por cima? Mas o lance é que, mesmo de noite, sempre tinha um pouco de luz, porque os postes entre o povoado e o acampamento ficavam acesos. Só que naquele dia, do nada, apagou tudo. Escuridão total, a luz apagou e a galera primeiro ficou num silêncio bizarro, parecia que ninguém acreditava ou não entendia. Daí logo um assobiou, outro deu uns gritos, um pessoal começou a rir e apareceram, aqui e ali, uns isqueiros, umas lanternas de celular tentando iluminar alguma coisa. Deu um tempo disso e a gente ouviu a voz de um dos militares falando num megafone. Ele disse que uns fios elétricos tinham dado curto-circuito e que era pra gente se aquietar e dormir que amanhã eles iam arrumar o negócio. Beleza, eu já tava pronta pra dormir mesmo, só que nisso a

Elenita me cutucou o braço e sussurrou: *querem nos enganar*. E eu perguntei *como assim? Não vão arrumar a luz amanhã?* E ela *não, não, querem enganar que foi um curto-circuito. Pra mim*, ela disse, *foram os do povoado que cortaram o cabo de luz pra nos deixar no escuro*. Eu fiquei tipo ué, *mas pra que eles iam querer nos deixar no escuro?* Aí a Dolores, lá do outro lado do colchão, falou mais alto: *vingança*.

Olha, foi sinistro; quando a voz da Dolores disse *vingança* pareceu coisa de filme. Eu não tava entendendo mais nada. Iam se vingar do quê? *Do porco que roubaram*, a Dolores disse. Bom, aí eu pensei que até que tava certo, né. Roubaram um porco dos caras, eles tinham razão em cortar nossa luz, sei lá, acho que eu teria feito o mesmo. Uma vez, uma vizinha minha estacionou o carro na vaga da garagem do meu pai e ele furou o pneu dela. Meio infantil, eu sei, mas cada um tem que arcar com as consequências do que faz, né? Então eu disse isso pra elas, que também não era um castigo tão ruim, que era errado roubar porco, e que passar uma noite sem luz não era o fim do mundo. Foi aí que a Dolores riu, mas um riso assim do fundo da garganta, assustador. E ela disse *mi niña*, e eu gostava quando ela me chamava de mi ninã, porque parecia que ela tava falando menina, mas não era. Bom, tá, ela disse *mi niña, eles não vão só apagar a luz, eles vão usar o escuro pra vir nos atormentar.*

Ninguém ali tinha muita coisa que pudesse ser roubada, muita gente tinha celular, mas pra que alguém ia querer roubar um celular se nem pegava sinal? Então perguntei pra Dolores como eles iam nos atormentar, e ela disse: *só Deus sabe, mi niña*. A Elenita começou a respirar mais pesado, aí ouvi ela rezando, chamando por Deus, até que ela ficou muda de repente e eu ouvi um barulho que parecia que ela tinha se sentado na cama num pulo. Então, meio que possuída ou num transe, mas numa voz de zumbi, ela disse: *violência se paga com violência*. E eu gelei.

Foi ali que entendi tudo: eles iam nos atacar. Precisavam dar uma lição no acampamento, mostrar que não era pra mexer com o povoado. Imaginei o que eu faria no lugar deles, o que poderia ser uma vingança que servisse assim de punição exemplar, sabe? Eles eram os moradores e nós os intrusos, os ilegais. Era óbvio: eles tinham que pegar alguém do grupo, matar com uma faca, que nem se faz com os porcos, e deixar o corpo na estrada de aviso pra ninguém roubar mais nada. *Dolores*, eu falei baixinho, *tu acha que eles vão nos matar*? E antes que ela pudesse responder, a Elenita repetiu no transe dela: *matar*. Eu não queria acreditar que pudesse ser verdade, mas tinha que pensar friamente. Não sou preconceituosa, mas tu sabe que os moradores do povoado são indígenas, né? Ah, o senhor também? Mas é diferente, o senhor é civilizado, enquanto os índios mais selvagens têm uns rituais meio estranhos às vezes, umas crenças que pra nós parecem primitivas. Coisa da cultura deles, claro, de repente nem era por vingança, de repente eles iam oferecer uma pessoa em sacrífico pra um daqueles deuses lá. Até aí tudo bem, mas que não fosse um inocente.

Alguém tinha ouvido a Elenita dizer *matar*, e aí a teoria começou a se espalhar. Primeiro foram uns cochichos perto da nossa cama, depois o burburinho foi aumentando pra longe, até que lá no fundo eu ouvi um grito de alguém que perguntava: *vão nos matar*? Pelos sons e pelos vultos, dava pra ver que tinha muita gente em pé, tentando caminhar. Os gritos ficaram mais fortes, chamavam os militares, os voluntários, mas ninguém respondia. Decerto todos eles faziam parte do plano, deviam ter concordado com um assassinato do grupo pra poder estabelecer a paz entre o povoado e o acampamento. Fazia sentido permitir uma morte, deixar os índios se sentindo vingados, os imigrantes não incomodavam mais e ficava todo mundo quieto. E foi aí que eu fiquei com medo de verdade, porque pensei que eles podiam vir atrás de mim. Afinal, eu era a única brasileira, né, todo o resto era da Colômbia, da Venezuela, uns haitianos que não sei como chegaram lá, até uns africanos que tinham atravessado o Atlântico. E eu até que não era a única pessoa branca, mas eu certamente era a súper mais branca de todo o grupo, e achei que se os índios fossem escolher alguém pra matar, boa chance de ser a branca, né, a mais diferente deles.

Nesse sentido, era bom não ter luz, porque ficava mais fácil de eu me esconder. Só que tinha um problema: a Dolores e a Elenita sabiam onde eu tava, e a Dolores já tava meio enviesada comigo porque eu nunca tinha cedido a cama pra ela, e a Elenita com aquelas dores nas costas ia gostar bastante de ter mais dias no colchão. As duas iam sair ganhando se conseguissem se livrar de mim. Imagina, iam até poder ficar com o iPhone pra ouvir música sempre que quisessem. Então eu precisava mudar de lugar, me esconder mais longe delas. Só que, a essa altura, já tinha mais gente em pé do que sentada, um falatório insuportável, choro e gritaria, muito barulho de gente se movimentando, e eu sei que é perigoso correr numa multidão, eu não queria escapar do ritual dos índios pra morrer pisoteada. Se eu conseguisse pelo menos me afastar uns metros já seria melhor. Eu tava tentando juntar as minhas coisas na mochila quando vi que dos lados do povoado vinha se aproximando uma luz, uma tocha.

Lógico, agora tu já me disse que era um dos voluntários que tava vindo nos ajudar a fazer uma fogueira e iluminar o acampamento, mas tu precisa entender que na hora eu não tinha como saber disso. Aquilo pra mim era cena de caça às bruxas, eles tavam vindo pra se vingar, iam me ver ali e me estraçalhar em praça pública, me degolar na frente dos outros, e aí eu só pensava no pobre do meu pai tendo que me enterrar com caixão fechado, sabe? Aquilo mexeu muito com o meu psicológico. Então eu precisava dar um jeito de me esconder e me esconder rápido. Puxei o cobertor de cima da Elenita na ideia de me enrolar nele, mas a Elenita gritou, chamando a atenção de todo mundo, então eu tive que dar um empurrão nela pra ela ficar quieta. Eu nem sabia que ela tinha caído e deslocado o ombro, isso foi tu que me contou. Eu só precisava que ela calasse a boca. Só que a Elenita começou a chorar e a Dolores tava gritando, eu não sabia o que fazer. Foi quando passou aquele cara correndo. Quando ele passou, eu fiquei puta, o cara pisou no meu tornozelo, nem pediu desculpas, e seguiu correndo na direção da pessoa com a tocha, que tava cada vez mais perto. E foi coisa de um segundo: o cara correndo se jogou pra cima do cara da tocha, os dois caíram, a tocha rolou um pouco pro lado, e eles começaram a brigar se dando socos. Não dava pra ver direito, a tocha não iluminava muito, mas acho que tavam se dando socos. Então eu vi a oportunidade e tinha que tomar uma decisão num segundo. A adrenalina tava a mil, pensei que era questão de vida ou morte e saí correndo. Corri o mais rápido que podia e peguei a tocha. Tava bem acesa ainda, e os dois caras continuavam rolando no chão.

    Nem olhei pra trás, só corri na direção do povoado segurando a tocha. Eu precisava me defender. Contando agora pode não parecer, mas eu tava com muito medo, não dava tempo de raciocinar. Eu não queria machucar ninguém, só pensei que se eu colocasse fogo em alguma coisa no povoado, num galinheiro, por exemplo, eles é que iam ficar com medo da gente e não iam mais nos ameaçar. Tu entende o meu lado, é claro, qualquer um faria o mesmo. Eu não tinha a intenção de causar tanto problema, eu não imaginava que todas as construções eram de madeira. Eu só fiz o que parecia certo conforme o que eu sabia. O delegado vai entender. Então eu só preciso agora que vocês telefonem pro meu pai, ele já deve ter encontrado alguém pra me levar de volta. Eu tenho direito de voltar pro meu país, vocês não podem prender uma estrangeira assim de qualquer jeito. Se coloquem no meu lugar. Eu sou uma boa pessoa presa num país estrangeiro. Eu prometo que nunca mais vou atravessar uma fronteira desse jeito, eu não quero mais nada com os Estados Unidos, e eu nunca mais vou falar com o James. Não precisa ficar repetindo essa coisa toda de vírus, que ninguém pode ir pra lugar nenhum por causa do vírus, eu te juro que eu nem sabia nada disso aí que tu falou, de que o

James já tava contaminado quando tava na Colômbia. Eu não fazia ideia. Quando ele foi embora, tava começando uma tossezinha, mas só isso. Imagina, se eu soubesse que o James tava doente, nunca teria me envolvido com ele. Mas, também, não dava pra dizer, um cara com toda pinta de saudável, não tinha como saber. Posso te mostrar a foto, nenhum sinal de doença. Pensar que eu quase morri pra ir me encontrar com ele. A gente se engana, né? Enquanto isso ele tava espalhando esse vírus desgraçado por aí. Que pessoa horrível.

Invasões

Ele me diz que não posso escrever um conto sobre a pandemia com senso de humor. Tudo bem, ele diz, o artista faz o que quiser, mas é imoral. Isso não ajuda muito: tudo bem, mas é imoral. O artista faz o que quiser, mas no momento ninguém está fazendo o que quer. Eu queria estar caminhando no parque, sob o sol morno desta manhã de outono, e eu queria comer bergamotas estirada sobre a grama. Eu certamente não queria estar em casa ouvindo a máquina centrifugar as roupas que usei para ir ao mercado e olhando para a cara entediada do namorado que acaba de ler meu texto e declarar que eu deveria jogar no lixo.

Eu tento me defender: mas o leitor ri da insensibilidade da personagem, e não da situação que ela causa. Quero proteger o texto sem proteger a narradora. Dá na mesma, o namorado responde, é um tratamento estético a uma tragédia. Ele tem razão nisso, e me dá raiva vê-lo sentado na minha cadeira de escritório dobrando ao meio as folhas que imprimi com o conto. Mas isso é a arte, eu penso, lidar por um meio estético com aquilo que escapa à racionalidade. Além do mais, a arte pode tudo. Ou melhor, a arte pode tudo, menos deitar na grama e comer bergamotas.

A ARTE ESTÁ ENCERRADA dentro de um apartamento de um quarto com uma única janela. A arte é o espaço de liberdade inviolável do ser humano. A arte abre o varalzinho portátil no meio da sala porque o tempo fechou e a previsão é de chuva. A arte não se submete a legislações nem às limitações do senso comum. A arte está exausta de ensaboar as embalagens que traz do mercado. A arte edifica o homem. Ela pouco tem feito por esta mulher.

QUANDO A PANDEMIA COMEÇOU e decidi aderir ao isolamento voluntário, o namorado trouxe suas coisas para o meu apartamento. Não foi difícil para ele escolher onde passar a quarentena: enquanto ele morava num segundo andar com vista para uma parede cinza e com tendência a mofo, eu moro no sétimo, com boa ventilação e uma nesga de sol direto pelas manhãs. Além disso, minha internet é melhor. E, por fim, eu não soube como negar. Então na quarta-feira em que cancelaram as atividades em todos os colégios, ele chegou na minha casa com uma mochila recheada de roupas, seu notebook e os dois últimos tubos de álcool em gel que conseguiu na farmácia do bairro dele.

Abri espaço no meu guarda-roupa e estabelecemos regras básicas de convivência: música apenas nos fones de ouvido e interrupções só em casos de necessidade real. Minha mesa de escritório, encaixada num canto da sala, era pequena para nós dois, então também tivemos que criar um sistema de rodízio: enquanto um estivesse na mesa, o outro sentaria na poltrona com o computador no colo. Quando a bateria do notebook na poltrona acabasse, trocaríamos de lugar. O dia de trabalho seria das nove às cinco, o que calculamos ser suficiente para que ele organizasse as atividades EaD para os seus alunos de ensino fundamental e para que eu finalizasse cerca de um capítulo do livro de biologia que estava traduzindo.

Na primeira semana, tivemos que fazer ajustes. A mim parecia que a bateria do notebook dele durava muito menos do que a minha e que isso expandia seu tempo na mesa. Ao namorado parecia exatamente o contrário. Então sugeri que definíssemos horários marcados para a troca e colocássemos uma extensão da tomada até a poltrona para que os notebooks ficassem sempre conectados na energia elétrica. Comecei a sentir dores na lombar. Ele começou a reclamar que não conseguia preparar slides de aulas sem apoio para o mouse. Então ele se queixava, eu me queixava, e no meio da semana nenhum dos dois tinha conseguido trabalhar direito.

Ele fez o almoço do décimo sexto dia de isolamento e não conversou comigo enquanto comíamos. Raspou os talheres no prato a cada pedaço de bife cortado. Depois empilhou a louça suja como quem rege uma orquestra, batendo e tilintando porcelanas com vidros. Largou as coisas na pia com um estrondo e voltou para a sala pigarreando. Sentou na poltrona e suspirou alto. Eu coloquei os fones de ouvido.

Pude ainda trabalhar em algumas páginas antes que ele começasse a surrar as teclas do computador com tanta força que nem meus fones podiam neutralizar o som. Em seguida, ele se levantou e, brusco, fez questão de caminhar por cima dos fios para enredar o pé, arrancar o plugue da tomada e ter um motivo para esbravejar contra as circunstâncias. Salvei meu arquivo, liberei uma das orelhas, me virei para ele. Tudo bem aí? E isso bastou para abrir a enchente de frustrações com a bateria, a poltrona, os fios, a tarefa hercúlea de preparar os slides com o dedo no touchpad. Fica torto, amor, tu já tentou fazer alguma coisa no touchpad? Sai tudo errado. Eu escutava e tentava respirar no ritmo da canção do Vitor Ramil que ainda soava na orelha esquerda, tentava esquecer que odeio ser chamada de amor e tentava lembrar por que ele estava na minha casa. Talvez eu devesse pedir demissão, ele continuou, essa coisa de EaD é uma palhaçada mesmo, os alunos têm onze anos, por deus, eles nem sabem ter aula online. Eu disse calma, tá difícil pra todo mundo, também pros alunos, é normal. E ele ficou um pouco mais rosado, pois, ora, ele estava calmo, só estava cansado e talvez devesse reduzir seu horário pela metade, aí trabalho só um turno, quando tu não tá na mesa. Tirei o fone da outra orelha. Aí tu receberia menos também. Isso ele sabia, é claro. O namorado sabe tudo das legislações trabalhistas porque gosta de falar dessas coisas aos alunos, que não entendem nada, mas serve para irritar os pais deles, o que deixa o namorado feliz. Ele começou a caminhar pelo exíguo espaço livre da sala enquanto alongava os braços acima da cabeça e disse: pelo menos eu ia render mais, com o computador na mesa, o mouse no lugar. É mais qualidade de vida. O namorado não conseguiria sobreviver com um salário menor. Ele mal conseguia sobreviver com um salário inteiro. Olhei para fora. Observei um joão-de-barro remendar alguma coisa no ninho construído no poste de luz. O namorado se curvou para baixo, de joelhos retos, tentando encostar os dedos no chão, mas sem alcançar. O joão-de-barro voou um pouquinho e se enfiou na casinha. Outro joão-de-barro se aproximou. Eu levantei e peguei as minhas coisas. Pode ficar o tempo todo na mesa, eu disse, eu trabalho na poltrona. Ele chegou a erguer as mãos. Não, não precisa, disse, não quero te atrapalhar. Eu respondi tudo bem, tá mais sofrido pra ti. Aproximei a mesinha de centro da poltrona para criar um apoio para os meus pés. Não, mas eu não quero atrap — ele foi dizendo, ao mesmo tempo em que já acomodava o tapetinho do mouse sobre a mesa. Eu tinha colocado os dois fones de volta e não queria mais ouvir o que ele estava falando enquanto ajeitava suas costas na minha ergonômica cadeira de escritório. Só me afundei na poltrona e confirmei que dali não tinha mais ângulo para enxergar o ninho do joão-de-barro. A primeira invasão da pandemia.

A ARTE É A MAIS SUBLIME criação humana. A arte sente dor no ciático. A arte pode rir do opressor, mas não deve rir do oprimido. A arte é uma linguagem universal. A arte tenta massagear os próprios ombros. A arte faz o homem durar para sempre nas paredes dos museus, permite ao homem exasperar mulheres seminuas em pinturas antigas pela eternidade, até o fim dos tempos estarão as moças envoltas em véus transparentes caminhando pelo campo e sendo importunadas por um idiota com uma flauta. A arte tenta fazer aulas de yoga online mas acaba acessando o twitter. A arte não pode ser interditada. As pessoas, sim.

Talvez a gente precise usar o humor também como ferramenta de sobrevivência, eu disse para o namorado durante o almoço do dia seguinte à nossa conversa sobre o conto. Ele não pareceu nem muito interessado nem muito impressionado. Ela acaba com uma vila, amor, isso não pode ter graça. Eu tomo mais um gole de refrigerante. Ela é a vilã, é o retrato do colonizador, ela faz isso sem nem se dar conta, apenas com a sua existência. Se não podemos rir do colonizador, vamos rir de quem? Mas tudo isso eu penso e não digo em voz alta, porque, se eu disser, o namorado vai dizer que eu nem tenho o direito de ser anticolonialista, porque sou descendente de portugueses e italianos, porque não tenho sangue negro nem indígena nem nenhum outro sangue vitimado pela colonização, e sou branca, muito branca e com cara de europeia e, além do mais, por que eu queria escrever sobre um povoado onde nunca estive? Se eu queria escrever sobre indígenas assassinados não faltavam desses no Brasil, mesmo se eu fosse muito específica e quisesse escrever sobre indígenas incendiados, também isso tinha no Brasil e ainda por cima em Brasília, o que era uma metáfora melhor do que qualquer literatura que eu pudesse inventar. Eu sei que é isso que o namorado me diria naquele momento porque ele já tinha me dito na primeira vez que falei para ele da ideia do conto. O namorado tem muitas regras sobre o que se deve e sobre como se deve escrever, e é por isso que ele não escreve.

Recolho a louça e largo na pia. É minha vez de lavar, mas deixo para depois. Volto para a sala e reorganizo as almofadas no chão. Faz uns dias que desisti de trabalhar na poltrona porque a dor nas costas se tornou constante. Descobri que, no canto entre a poltrona e a estante de livros, posso colocar uma almofada grande no chão, apoiar duas almofadas médias contra a parede e encaixar meu corpo ali, com o notebook sobre as pernas esticadas. No começo, tentei sentar na posição de lótus, mas não havia maneira de equilibrar o computador sobre os joelhos, então o namorado se ofereceu para mover a mesa um bocadinho para a esquerda e assim liberar espaço para eu esticar as pernas. Eu me acomodo e tento me concentrar na tradução do livro de biologia, que é uma chatice, mas vai pagar bem porque é muito técnico.

Não me dou conta da passagem do tempo até que começam a soar os gritos contra o presidente nas janelas dos vizinhos. Já devem ser oito e meia da noite, portanto. O namorado fecha os vidros, ele diz que o barulho das panelas batendo dá dor de cabeça. O vizinho de cima berra *fora genocida*, e do outro prédio alguém responde com *assassino filho da puta*. Eu também queria gritar alguma coisa, mas não consigo decidir o quê. Eu não queria dizer nada, apenas cortar o pescoço do presidente.

É novo em mim isso de querer uma solução pela violência, e sinto raiva por estar me transformando numa pessoa pior. O namorado não, o namorado acha inútil se preocupar com política, porque a gente não pode mudar nada.

A nossa indignação não derruba um governo, ele me diz toda vez que eu comento um novo absurdo do noticiário. Não me contenho. Olha isso, eu chamo, são dez mil mortos e ele foi andar de jet ski. Me incomoda que um sofrimento tão grande venha de um verme tão minúsculo, me incomoda que ele ocupe tanto do meu espaço mental. Mas a minha revolta não derruba nada, não derruba sequer a indiferença do homem que senta na minha cadeira ergonômica e diz que vai tomar uma cerveja por videochamada com os colegas do trabalho.

A ARTE É A EXPRESSÃO da sociedade. A arte quebra vidraças de banco, queima ônibus, joga molotovs. A arte é apenas um jogo de aparências e ilusão. A arte apanha da polícia, respira em meio ao gás lacrimogêneo, oferece vinagre para quem está do lado. A arte tem o poder de chegar à essência das coisas. A arte abre uma fresta da janela: o ar está puro e silencioso. A arte vai dormir derrotada.

NÃO COMPARTILHO MAIS com o namorado o que leio nas notícias. Ele pede que eu pare de ler notícias, mas não consigo. No começo eram meu acesso ao mundo exterior, o jeito de manter contato com tudo que acontece lá fora. Supermercado uma vez por semana para ter certeza de que o mundo continua em pé e o noticiário de todos os dias para averiguar que a vida continuava acontecendo com as outras pessoas também, e tinha gente fazendo música, gente gravando vídeos, gente até andando de ônibus. Mas com o passar dos dias ou das semanas elas deixaram de ser um túnel para fora do apartamento e se transformaram num aquário que lentamente se enche de água e ameaça me afogar.

Tenho passado mais tempo na frente do computador. Começo a traduzir cedo da manhã e gostaria de passar a tarde traduzindo, mas é quando começam a chegar as novas notícias. Consegui me impor regras: tenho uma aba do navegador aberta com os relatórios sobre os avanços do coronavírus e outra aba com as análises políticas e os artigos sobre as ameaças à democracia. Assim me limito a duas leituras por vez. Quando o namorado me pergunta como está indo o trabalho, eu digo que mais devagar do que o normal, que essa tradução é realmente muito técnica e difícil. Ele diz que eu me estresso demais com o trabalho, que não posso fazer do home office uma nova forma de escravidão.

Os dias passam, mas parecem não passar. É terça ou sexta-feira e já precisamos inventar receitas pouco usuais conforme o que resta na despensa. O namorado me anuncia que vai fazer um macarrão com beterraba. Vai ser o terceiro dia de macarrão. Ontem foi com frango, anteontem com tomate. Eu não aguento mais a comida. Passamos dos vinte mil mortos, e o namorado não aguenta mais o que ele chama de *meus* números.

Enquanto comemos o macarrão — péssimo —, digo que os casos estão dobrando muito rápido, que a curva de crescimento de contágios no Brasil nem é uma curva, mas uma linha reta apontada para cima. O namorado não responde. Eu tento mudar de assunto. Digo que os milicos estão saindo do controle. Que a família de vermes quer fechar o Congresso. Mas ele não responde. Meu celular apita e, sem pensar, eu desbloqueio a tela entre uma garfada e outra. É uma notificação de um jornal. Batemos um novo recorde de mortos num dia, eu digo.

O namorado larga o garfo na mesa. Bater recorde, ele bufa, isso é uma comemoração? Eu digo que é só uma expressão para dar mais clareza e todo mundo entender. Quero explicar que é importante manter a contagem diária, que isso mostra o poder de multiplicação do vírus. Mas o namorado nem está mais me ouvindo. Ele passa o guardanapo nos lábios e se serve de mais vinho. Ele está tomando vinho; será que então hoje é sábado? Ele balança a cabeça de um lado para o outro, e eu penso que aquilo parece um pouco teatral. Ele pigarreia antes de falar, e então parece mais teatral ainda.

Eu acho que tu quer ficar deprimida, amor, é quase uma escolha. É macabra essa tua contagem de mortos, de doentes. Como é que tu fica mais deprimida com vinte mil do que com dez mil mortos? É tudo a mesma coisa. Um monte incalculável de gente morrendo, mas eu e tu não temos como fazer nada. Não temos nem a dimensão disso, é impossível. Tu fica olhando essas coisas porque quer sofrer. Pra ficar o dobro mais triste do que uma semana atrás.

Me pergunto se ele tem razão.

Não sei quanto espaço ocupam dez mil corpos. Vinte mil corpos inertes, quantas covas? Eu não conheço nenhuma dessas pessoas. Eu *quero* ficar deprimida? Me levanto para lavar a louça. Escuto que ele faz uma videochamada na sala com os colegas de trabalho. É um papo que me soa um pouco life coach, a vida dando limões e tudo mais. Termino a louça e volto para o computador. Ouço música e abro um novo arquivo de texto. O namorado me chama para ver um negócio. Ele vira a tela para mim. Um menino indiano está dentro de uma casinha sobre palafitas: é um banheiro feito com ripas de madeira e um furo no chão, por onde caem os excrementos que se acumulam abaixo da precária construção. Ele está sendo pressionado pelo irmão para que se apresse. Em meio ao bate-boca, ouvimos o som de um helicóptero que se aproxima. Todos se agitam: é o helicóptero de uma grande estrela de Bollywood. O irmão do lado de fora da casinha sai correndo, deixando trancado o menino dentro do banheiro. Ele se desespera. Como todos, é fã da estrela de Bollywood. A única saída é por baixo, e o menino não hesita. Se joga dentro de uma montanha de cocô e sai correndo até o local de pouso do helicóptero, inteiramente coberto por uma gosma marrom. A multidão que se aglomerou ao redor da estrela vai abrindo passagem para o menino, afastados pelo fedor que emana dele. Numa reviravolta digna de cinema, o menino tapado de merda é a única pessoa que consegue chegar perto da estrela de Bollywood, uma vez que até os seguranças se retraem por repulsa. Seu troféu: uma foto autografada. A cena acaba. O namorado ri. Ele olha para mim, eu sorrio em retribuição. Volto para o computador. Não consigo escrever.

Vou dormir tarde. Ele já está roncando na cama quando eu enfim largo o celular na mesinha de cabeceira e me separo do fluxo constante das redes sociais. Tento me concentrar na minha respiração. Aprendi com uma amiga: inspira por dois segundos, segura por oito e solta por quatro. Dois-oito-quatro. Observo a cor preta da escuridão no teto do quarto. Fecho os olhos e observo a cor preta avermelhada do interior das pálpebras. Abro os olhos e começo a contar os segundos da respiração adormecida do homem ao meu lado. Namorado, ele se chama, ele decidiu se chamar. Fecho os olhos e respiro fundo. Abro os olhos. Fecho os olhos.

Estou no meio de uma multidão que sacode bandeiras no ar. Meus pés estão descalços e eu não entendo por quê. A multidão começa a se esmagar nas calçadas para abrir um vão no meio da rua por onde vem vindo um carro alegórico de carnaval, mas ele é todo cinza e traz em cima pilhas de caixões. No alto, no centro dele, vejo um homem de meia-idade. Alguém se aproxima dele e cochicha no seu ouvido. Ele ri e caminha para a frente, até o limite do carro alegórico. Ali se abaixa, e então eu vejo a alavanca. Percebo que meus sapatos estavam nas minhas mãos o tempo todo. O homem segura a alavanca e tira uma selfie no celular. Ele empurra de uma vez só a alavanca. Abaixo dele, uma porta do carro alegórico se abre e dali começam a sair cães ferozes, imensos e azuis. Os cães se atracam nas pessoas, agarram seus pescoços e as sacodem no ar. Vejo cabeças voarem, vejo sangue tingir a rua. Vejo um cão correr na minha direção. Ele tem os dentes amarelos e de repente eu estou sozinha na rua vazia e só resta o cão, no meio do salto, caindo sobre mim.

Abro os olhos.

O silêncio é desesperador. Penso em pegar o celular na mesinha de cabeceira, mas sei que não devo. É preciso resistir aos instintos. É preciso resistir à barbárie, pois a barbárie agora avança sobre os meus sonhos. A segunda invasão.

A ARTE TEM SEU MAIOR valor no seu caráter ambíguo. A arte talvez precise de remédios para dormir. A arte é o grito da alma. A arte não tem se sentido muito bem e não sabe se vai conseguir. A arte nos faz ver. A arte está cansada. A arte liberta. A arte tem se cansado com muita facilidade ultimamente. A arte dá sentido às coisas. A arte imita a vida, mas apenas onde há vida.

NO MEU ACAMPAMENTO doméstico de almofadas, tento dividir o tempo entre a tradução e a literatura. Menti que peguei mais um frila para que assim o namorado me deixe trabalhar sem interrupções pelo menos durante o dia. Tenho prazos, eu digo, e ele acredita. Não aceitava antes, quando eu dizia que tinha estabelecido metas comigo mesma: um conto por semana, pelo menos um conto por mês, fazer contato com uma editora — enfim, eu me colocava objetivos para tentar começar uma carreira artística, mas o namorado achava um absurdo o meu intento de *submeter a arte à lógica do fordismo*, era assim que ele qualificava.

    Desisti de escrever à noite porque, depois do final do expediente dele, o namorado desdenhava dos meus prazos e suas interrupções arruinavam tanto a tradução quanto as minhas tentativas de ficção. Há três dias, meus fones de ouvido estragaram. Estou sem música, e o namorado pode a qualquer momento se virar para mim e dizer *tu precisa ver esse vídeo de esquilos acrobatas*, e eu, sem muito remédio, vou levantar e ver o vídeo em que três ou quatro esquilos aprontam peripécias de fato bastante estonteantes e depois vou voltar para as minhas almofadas, para a tela do meu computador, e tentar pensar em literatura enquanto só penso em esquilos.

Ontem acabamos com a comida. Hoje é a vez do namorado ir ao supermercado. Faz tempo que espero por esse dia. Vou ter no mínimo duas horas de solidão. Vou colocar música num volume alto. Vou escrever um fluxo de consciência sem distrações. Vou compensar o tempo perdido.

Mantenho o arquivo aberto no computador e o computador equilibrado sobre as coxas. Observo com o canto do olho a preparação dele para ir ao supermercado. Ele me pergunta onde está a lista de compras. Digo que prendi na porta da geladeira. Ele veste um blusão de lã. Me pergunta onde estão as máscaras. Digo que penduradas no cabide perto da porta. Abro um jogo de paciência para esperar até ele sair de casa e eu enfim começar a me concentrar. Ele tira o cartão de crédito da carteira e coloca no bolso de trás da calça. Pergunta onde está a sacola de pano. Digo que na cozinha, atrás da porta. Ele desaparece para dentro da cozinha, depois reaparece com a sacola no ombro e me diz que, se eu lembrar de mais alguma coisa que precisamos, posso mandar uma mensagem. Ele se afasta, ainda o vejo perto da saída articulando os gestos de vestir a máscara. Ouço o barulho da chave pelo lado de fora da porta. Alívio. Respiro fundo, fecho o jogo de paciência. Enfim vou alongar os braços, relaxar o pescoço e me dedicar ao conto. Uma menina atravessa uma fronteira. É uma tragédia, mas é cômico. Uma fronteira entre o horror e o humor. Respiro fundo.

Meu celular toca, eu ignoro. Meu celular toca de novo, e como pude ignorá-lo no meio de uma pandemia se as emergências estão sempre à espreita no meio de uma pandemia? O nome do namorado aparece no visor.

Alô, tá tudo bem?

Eu esqueci a lista. Pode trazer pra mim aqui embaixo?

Respiro. Dois-oito-quatro.

Amor, tá me ouvindo? Eu esqueci a lista. Traz pra mim aqui no portão, por favor.

Dois-oito-quatro.

Amor?

Desculpe, eu não tinha ouvido. Vou te mandar uma foto da lista, tá?

Ah. Não é a mesma coisa, mas tá, não vou te fazer gastar uma máscara limpa só pra descer aqui, né.

Mando a foto da lista. Volto para o meu canto de almofadas ainda com o papel na mão. Sento no chão, o notebook está aberto me encarando. Penso numa fronteira. De repente meu coração era um compasso. Fica um pouco mais difícil respirar. Amasso a lista do mercado entre os dedos. Aperto o papel, espremo como quem tenta tirar suco de uma fruta que já secou. Mais difícil respirar. Não estou doente, eu sei. Firmo as mãos no chão e puxo o ar com força. Isso não é doença, o que é isso? O coração corre. O pulmão não acompanha: paralisou: está travado: não se move: alguma coisa espreme meu pulmão enquanto eu espremo na mão um pedaço de papel no qual ainda consigo ler: álcool. O namorado levou as únicas chaves do apartamento. Estou presa. Puxo o ar com mais força. Com o oxigênio que consigo inspirar, vem o pensamento: preciso fugir. Como uma miragem, a fuga aparece, mas se dissipa quando expiro. Preciso ficar. A saída não é pela fuga, mas pela manutenção de territórios. Puxo mais ar. Sei o que devo fazer. Sim, eu sei. Sinto as ameaças. Sinto uma fronteira. Sinto que é necessário erguer muralhas.

    Busco em mim.

    Me investigo.

    Procuro pelas pedras.

A selvageria

Toda história tem final triste, é por isso que eu nunca choro. O senhor precisa entender que ninguém começa a viagem que eu comecei com esperança de terminar. Terminar seria nada mais que um golpe de sorte. Quando alguém começa a viagem que eu comecei, sabe que está partindo para uma queda, porque mesmo que você consiga atravessar a selva, mesmo que consiga cruzar todas as fronteiras, caminhar milhares de quilômetros, mesmo que você consiga entrar despercebida nos Estados Unidos, mesmo que você chegue na casa do seu filho, do seu irmão ou de quem estiver te esperando, mesmo que tudo isso dê certo, você abandonou a sua casa. E disso não há retorno. O abandono não termina nunca. O abandono se repete todos os dias. Eu sei disso porque minha filha foi antes. É cabeleireira. Casou. Com um dos nossos, sim, casou com um bogotano. Faz cinco anos que ela foi. Faz cinco anos que ela me abandona. Eu não digo isso para ela, porque dói. Mas eu sei. Então sei também que agora faz já semanas que eu abandono meus irmãos em casa todos os dias. É assim que se constrói uma vida melhor? Sim, é assim.

Mas o que eu dizia é que dá igual se chego no fim ou se não chego. O principal é que não se pode voltar. Foi uma tragédia, o senhor me diz, e é verdade, foi um grande horror, o senhor tem toda a razão. Mas o que mais esperávamos que fosse?

Eu não vi quando o incêndio começou, estava ocupada conversando com a Elenita, pensávamos onde poderíamos conseguir uma lanterna. Tinha acabado a luz e no meio da escuridão aquilo lá mais parecia um pedaço do inferno e não um acampamento de migrantes. Eu não vi, mas acredito quando o senhor diz que foi a menina que começou tudo. Ela não pertencia àquela viagem, não tinha fibra. Se me pergunta, eu digo que ela só queria uma aventura, não sabia onde estava se enfiando. É sempre assim com as mulheres. Comigo também foi assim, um dia. Não mais.

Ela foi perdendo a cabeça enquanto atravessávamos a selva, é o que me parece. Escutava música o tempo todo nos fones de ouvido de seu aparelhinho. Eu me preocupei quando vi que ela ia deixando roupas pelo caminho, mas foi a Elenita que pediu para a gente cuidar um pouco dela. A Elenita é muito boa, ela tem esse problema. Eu concedi, pois pensei que, quando foi a minha filha atravessando aquela floresta horrível, eu gostaria que alguém tivesse olhado por ela. Então nos aproximamos da menina. Ela falava um espanhol terrível, mas conseguíamos nos entender entre gestos e frases curtas. O que eu mais lembro são os olhos. Ela tem uns olhos assim distantes, parecia que tinha deixado os olhos em outro lugar e viajava sem eles.

Tentou nos contar a história do homem que esperava por ela nos Estados Unidos. Ele tinha ido antes, tinha deixado ela para trás. Eu sabia, e a Elenita sabia, que nada de bom ia vir desse homem, mas a menina era jovem. Nós três nos fazíamos companhia. Às vezes ela nos deixava ouvir música no seu aparatozinho, mas não eram músicas boas. Eu já pensava que a menina ia desistir assim que chegássemos ao fim da selva, mas eu não podia imaginar que antes de desistir ela ia enlouquecer. Apesar de que não podia ser diferente, com aqueles olhos. Sim, eu devia ter visto. A menina já tinha enlouquecido. Agora vejo.

No acampamento foi tudo muito rápido. Tínhamos começado a caminhada num dia normal, mas chegamos ao povoado e nos disseram que o mundo tinha parado por causa de um vírus. Me pareceu ridículo, o mundo nunca parou por causa de doença, pobreza ou fome. Mas estavam morrendo os americanos, os europeus, e o mundo sabe parar por eles. Quando nos disseram que nos Estados Unidos era onde mais morriam pessoas, eu entendi que a gente não sairia daquele povoado tão cedo. Não iam nos deixar continuar. E a menina eu acho que nem conseguiu entender nada disso. Quando nos estabelecemos no acampamento, ela já não sabia mais separar a realidade do próprio medo. Quando a pessoa perde o limite entre o que está fora e o que está dentro da cabeça, é aí que a loucura aproveita e se instala nos selvagens. Eu não sei o que ela imaginava, mas, quando as luzes se apagaram, a menina só dizia que precisava se esconder. Ali no miolo da noite, e a menina queria se esconder ainda mais. Falava sem parar e dizia palavras como sacrifício, deuses, índios. A pobre Elenita me olhava com olhos saltados e me dizia que, descontrolada daquele jeito, a menina ia acabar por se matar. Eu tentei criar alguma tranquilidade, disse para a menina que provavelmente os guardas só queriam nos incomodar, tentar fazer com que a gente fosse embora dali, coitados, eles não queriam aquelas centenas de caminhantes estacionados na vila deles. Mas foi em vão, a cabeça dela já tinha demasiadas frestas.

A próxima coisa que entendi foi o fogo. Um pouco longe de nós, na direção das casas. Começou pequeno, um pequeno sol rasgando o breu. E logo cresceu, se tornou do tamanho de um outro planeta, um mundo incendiado. A

Elenita me agarrou pelo braço e fomos nos afastando para dentro da floresta. Ficamos ali abrigadas até o dia amanhecer e, com ele, os túneis de fumaça se abrirem pelo céu. Nós olhávamos tudo de longe, até que vocês chegaram. Ainda vi a menina conversando com um outro policial, vestido igual ao senhor, e eu não escutava, mas via que ela falava e falava e falava, e eu de novo pensei na minha filha, lá em outro país e perto de um vírus desconhecido, e lembrei de quando ela morava comigo, na nossa primeira casinha de madeira, e de como, depois que ela decidiu ir embora, ela passou dias falando sem parar, falava e falava e falava, e isso é para mim o pior modo de se ficar em silêncio.

A boneca

Quem sabe tu começa a viver como se tivesse um filho? Essa foi a sugestão da minha melhor amiga quando eu disse que era impossível decidir se eu queria ou não engravidar. Imediatamente lembrei de um filme americano no qual meninas adolescentes de uma escola recebiam umas bonecas a pilha e tinham que cuidar delas como parte de um programa de prevenção à gravidez precoce. A minha amiga sorriu. Acho que não era bem isso que eu estava pensando, ela disse, e então perguntou se eu, sendo uma escritora, não poderia tentar resolver essa fantasia — ela deu o nome de fantasia a essa ideia de fingir ter um filho — usando palavras. Por ser uma assídua leitora e não escrever, minha amiga tem um fetiche grande pelas palavras, pelo que elas constroem e pelo que deixam entrever, pelo que organizam. Não sei, eu respondi, e voltei do nosso encontro meio frustrada porque eu, sendo uma escritora, lido todo dia com o fato de que as palavras conseguem fazer bem menos coisas do que a minha amiga acha que conseguem.

Ora, resolver com palavras um filho imaginário, que ideia mais ridícula. Se o problema do filho não é seu conceito, mas sua materialidade. Se as palavras da minha língua não são capazes sequer de dar conta do indefinido de que um feto pode gerar um filho tanto quanto uma filha. Caso eu pudesse escrever um filho ou uma filha e depois guardá-los na estante de livros, não haveria problema. Mas uma filha vive, ocupa espaço e demanda cuidado. E foi por isso que eu acabei com essa coisa aqui. Foi assim que eu cheguei em casa depois de ter tomado mojitos com a minha amiga, imprimi em cinco folhas A4 todas as dúvidas que eu tinha a respeito de ter uma filha e fiz uma bolinha com elas. Mas aí achei que tinha ficado pequeno demais, então eu abri de novo o arquivo com as dúvidas, ampliei a fonte para tamanho 42, imprimi as cinquenta e cinco folhas e as fui amassando e moldando de modo a acabar com essa coisa nas mãos, essa bonequinha disforme de pele bege do papel reciclado e tingido por letras retorcidas na superfície, uma cria de Elida Tessler com Mary Shelley.

Minha nenê de palavras tem aproximadamente quarenta centímetros de altura e pesa menos do que a balança de cozinha consegue captar. É feia, mas é minha. Talvez essa seja a primeira lição de maternidade que a filha de mentira me traz: o orgulho infundado.

Decido que vou carregar a filha de papel pra lá e pra cá, obedecendo minha amiga. Meu companheiro não vê muito o propósito, considerando que a boneca não faz nada que uma bebê faz, mas ele acha graça e concorda que ela pode servir como um lembrete. Estou trabalhando, me deparo com ela e penso que teria que interromper o que estou fazendo para dar de mamar. Tenho disposição para isso?

Levei a boneca na bolsa quando fui com a cachorra conhecer o hotelzinho de pets recomendado por um vizinho. Talvez a gente viaje em breve, e não temos quem possa ficar com ela, sobretudo porque nunca aprendeu a fazer xixi no jornal. O hotel cobra noventa reais por dia. Quase todos cobram em torno disso. Tenho vontade de dizer que por esse preço espero que a cachorra volte da estadia sabendo cozinhar, mas digo apenas que vou falar com meu marido e retornar depois.

Meu companheiro não é meu marido. Eu só tenho um marido quando falo com prestadores de serviços. Quando vem o entregador de gás: se precisar de ajuda, eu chamo meu marido lá dentro. Quando vieram arrumar a caixa de gordura: meu marido tá no banho, mas disse que é só abrir o armário da pia. Quando pego um táxi: vou avisar meu marido pra esquentar a janta. Quando quero dispensar orçamentos: preciso falar com meu marido.

Nos outros momentos, meu companheiro é alguém que tenho dificuldade de classificar. Nada saiu como eu tinha planejado quando fiquei solteira e pensei que entraria numa nova fase, solitária, a solidão que enfim faria de mim uma artista respeitável. Ele apareceu e de repente eu estava nesta casa, vivendo com um homem que pertence a essa categoria para a qual namorado parece pouco, marido parece entediante, companheiro faz parecer que teremos que começar uma greve metalúrgica. Quando perguntei como ele falava de mim para amigos e parentes, naqueles tempos em que estávamos começando a ser nós e a cidade estava começando a abandonar as máscaras cirúrgicas, ele demorou a entender a questão. Tive que elucidar: tu me chama de namorada, de ficante, de uma guria aí que eu tô pegando? E ele só disse: eu te chamo pelo teu nome. Fiz uma cara de ué e perguntei como assim, teus amigos sabem meu nome? E ele disse claro que sim, desde que te conheci.

Na volta do hotelzinho, encontro uma das vendedoras ambulantes do bairro oferecendo panos de prato na esquina de casa. Compro três por dez reais. Esses dias ela estava aprendendo a ver as horas em relógio de ponteiros. Hoje ela me diz que vai juntar sessenta mil reais e comprar um terreno em Guaíba para poder morar com o filho que está com a avó. Ela comenta que logo vai para a rodoviária, lá ganha mais dinheiro porque vende cigarros. Eu concordo:

as pessoas sempre compram cigarro. É um vício, ela assente, as pessoas não controlam. Nos despedimos quando se aproxima uma senhora com dois reais.

    Nunca tive uma quantia nem próxima a sessenta mil reais. Não posso comprar um terreno em Guaíba e, na verdade, no momento não tenho dinheiro nem para o hotel de cachorro. Ainda assim, sinto pena dela. Que a sua vida se organize em torno de sessenta mil reais e um filho me parece triste. Nunca tive muito dinheiro, mas sempre tive o suficiente para que o dinheiro não fosse a questão central da minha vida, e esse é um privilégio pouco valorizado. Torço pela fortuna da vendedora. Hoje ela sabe ver as horas em ponteiros. Amanhã, prometeu, vai me mostrar uma foto do filho. Não mostrei a ela a boneca enfiada na minha bolsa.

    Uns dois dias depois, achando que a vida estava fácil demais com a filha de papel, concluí que deveria ter uma experiência mais realista e comecei a de fato fazer pausas no trabalho a cada três horas. Tiro um seio para fora da blusa e seguro a boneca de papel contra o peito. Hoje coloquei um cronômetro de quarenta e cinco minutos e fiquei olhando para a copa das árvores que vejo pela janela. Ninguém tinha me avisado que ser mãe poderia ser tão entediante. Quando o alarme tocou, voltei para a minha mesa e larguei a criatura em cima da impressora. Sei que não poderia fazer o mesmo se ela fosse de carne e osso. Cogitei comprar um moisés e deixar no escritório, mas senti vergonha só de me imaginar explicando esse exagero para o meu companheiro. Olhei para a boneca atirada na impressora e a cobri com um dos panos de prato recém-comprados. Me disseram que bebês sentem muito frio.

TER UM FILHO é sempre um ato de egoísmo. Uma ou duas pessoas decidem e não há como perguntar ao potencial filho se ele quer existir. Uma ou duas pessoas resolvem fabricar um ser humano para satisfazer sua própria vontade, criar um cidadão ou o que seja, ter a experiência de um amor ainda inédito, prolongar a estadia na Terra após a morte por meio desse subproduto genético. E essas uma ou duas pessoas, se bem-informadas, aceitam pagar o preço. Aceitam todas as renúncias e abraçam esse paradoxo da impossibilidade do egoísmo. Porque ter um filho é um ato egoísta que prevê o desmoronamento do ego: o bebê, a majestade. A vida é muito curta para se ter um filho. Será que também é muito curta para não se ter?

Começo a tomar notas do meu dia na intenção de compartilhar os avanços do experimento com meu companheiro quando ele chega em casa de noite. Ontem achei que tive um dia bom, mas as anotações me deprimiram: meus esforços no trabalho, o almoço requentado que ficou melhor do que no dia anterior, a nenê de papel me acompanhando sobre a mesa da cozinha ou no sofá para o café, a cachorra tranquila no passeio no parque, um novo álbum sugerido pelo algoritmo de música, o sabiá que voltou a frequentar a árvore que bate na janela. Um dia feliz, mas pequeno, restrito a uma bolha protetora que excluiu o mundo exterior. Não gosto das conclusões porque elas são verdadeiras: a felicidade ou é íntima ou precisaria ocorrer num outro mundo. Primeiro as ruínas do patriarcado; depois do capitalismo branco; as florestas não queimariam nem as casas despencariam das ribanceiras; e então poderíamos tomar café da manhã. Quando meu companheiro chegou em casa, não mostrei as anotações e propus que ouvíssemos um podcast de notícias. Confirmei que o mundo seguia tão deprimente quanto sempre. Para que trazer uma filha a esse lugar?

Hoje acordei de ressaca. Depois das notícias, abrimos uma garrafa de vinho que não me caiu bem. Tento trabalhar na cama com o notebook no colo. Me permiti dormir duas horas a mais do que o normal. Olho para a boneca de papel e ela me devolve um olhar acusador. Ainda não mamou e, se fosse real, estaríamos acordadas há muito tempo. Acomodo a boneca dentro da blusa e tento trabalhar. Se ela tivesse o peso de um bebê, eu já estaria com dor nas costas. A cabeça latejando não me permite nenhuma concentração, e penso que ser mãe significaria somar à minha enxaqueca uma cólica de nenê, uma otite, uma coisa qualquer que acomete os corpos dos bebês mas adoece os cérebros das mães.

A boneca de papel pinica na pele do peito. Ajeito sua posição. Se tu tivesse um filho de verdade não poderia mais ter ressacas, imagino a voz dela me recriminando. Tudo bem, eu respondo, isso seria uma coisa boa, eu não tenho mais idade para ressacas. Sei que a boneca concorda. Se tu não tivesse a sorte de parecer mais jovem do que é, tu já seria uma figura ridícula enchendo a cara em dia de semana, numa cena triste de quem não aceita crescer. É verdade. Se eu tivesse um filho, já resolvia também a questão de parecer mais jovem do que sou, porque filhos dão rugas.

Decido que não vou me curvar aos julgamentos de um amontoado de papel retorcido. Levanto, coloco sapatos confortáveis e boto a coleira na cachorra. Desde que comecei a passear com ela, as pessoas perguntam: *treinando pra ter filhos?* Respondo: *não, aprendendo a ter um cachorro*. Nunca é uma piada, mas as pessoas sempre riem. Para amigos próximos, comento a injustiça do útero. Já passei dos trinta e cinco. As coisas ainda são adiáveis, mas bem pouco.

Às vezes a pergunta é diferente: *tu quer ser mãe?* Essa é a abordagem das minhas amigas feministas, apenas elas colocam a ideia de desejo no meio da questão. *Ser mãe*, elas enfatizam, e não *ter um filho*, porque sabem que ter um filho não é nada em comparação com o papel social que vem com ele. Maternar, dizem hoje em dia. Disponibilidade total, alimentação orgânica, nada de telas, nada de açúcar, pesquisar creches holísticas ou biodinâmicas ou waldorf ou wicca ou smurfs ou impossíveis. Eu tento imaginar o que meu companheiro responderia no meu lugar. Um pai precisa fazer muito pouco para ganhar um superlativo e ser paizão, basta que leve a criança num churrasco, que saia sozinho com ela, que busque no colégio. Então é isso, eu queria mesmo era ser pai. De preferência, um pai divorciado, que pode escolher ser pai só a cada quinze dias.

Caminhamos na beira da orla, a cachorra farejando restos mortais de algum animal que é melhor não identificar. Um cara que vem vindo na direção contrária não para de olhar para o meu decote. Nesses momentos, gostaria que a vira-latinha se transformasse num rottweiler, a gente não pode nem dar um passeio sem um mané atormentar. Aí lembro que estou com a boneca enfiada dentro do sutiã. Dou as costas para o sujeito, fico encarando uma árvore até ele se afastar. Tento colocar a boneca dentro da calça, mas ela cria um volume esquisito e parece que eu tenho um pênis, então experimento embaixo da camiseta, mas parece que engravidei de um meteorito. Onde é que eu vou esconder essa coisa?

O celular apita no bolso: a adrenalina acaba com todo vestígio de constrangimento e de ressaca quando vejo que fui aceita na residência literária. *Prezada, ficamos felizes de lhe oferecer uma estadia de três meses para desenvolver seu projeto dentro da nossa instituição.* Foram semanas preparando a inscrição e traduzindo amostras do meu trabalho. Serei paga para escrever. Fico tão feliz que quase permito à cachorra arrastar o fóssil para casa enquanto carrego a boneca dependurada por uma perna. O que vou receber não compra nenhum terreno em Guaíba, mas me dá uma folga na venda dos meus serviços, meus cigarros de palavras.

Meu companheiro encomenda minha comida preferida para comemorarmos. Depois da janta, deitamos no sofá para ver um filme. A cachorra está enroscada entre nós, debaixo das cobertas. Ela deita na frente do notebook, em geral adormecida, respirando de modo misterioso sob o tecido, mas às vezes acontece dela acordar, sentar, e então ela parece uma fantasminha de cobertor impedindo a visão da tela. Damos tapinhas nas costas dela: dorme, cachorrinha, pode voltar a dormir, e ela deita, sossegada.

Coloco a boneca de papel junto da cachorra. Ela cheira e depois ignora. Uma filha real tomaria o lugar dela? Ou estaria deitada num moisés do nosso lado? Ficaria no meu colo, grudada no peito, e eu teria que ficar sentada, e aí meu companheiro também teria que ficar sentado pra gente achar um ângulo em que a tela do notebook ficasse visível pra nós dois? Não, agora prevejo, nossa filha está chorando e nós não conseguimos ver o filme. Damos tapinhas nas costas dela. Dorme, nenê, pode voltar a dormir, e ela responde aumentando o berreiro.

A documentação para a residência exige cópias, assinaturas e carimbos de cartórios. Na última semana, andei dormindo menos por causa da filha de papel. Meu companheiro acha que eu devo jogá-la no lixo, mas isso arruinaria todo o experimento. De onde mesmo veio essa ideia?, ele me perguntou ontem. É um tipo comprovado de terapia, eu respondi. Ele me olhou desconfiado.

Depois que meu companheiro sai para o trabalho, releio no quarto as anotações que deixaram de ser diárias. Não sei em que dia escrevi que o problema é que eu gosto muito da vida que já tenho, e ela se perderia para sempre. Mas tu também já gostou de outras vidas que teve, a boneca tenta argumentar de cima da cômoda onde está me esperando. Essas vidas também se perderam para sempre. Olho para ela. Por acaso tu não gostava de morar sozinha?, ela lança num tom desafiador. Não gostava de estar solteira? Não prometeu que nunca mais ia se envolver com alguém? Tudo perdido. Agarro a boneca e a jogo dentro da gaveta.

A cachorra vem e deita encostada nos meus pés. Ela tem estado carente desde o começo do experimento, acostumada que está a ter companhia quase constante desde que vim morar aqui. Me abaixo para fazer carinho e, em vez de dizer para a boneca, que ainda tento ignorar, eu digo para a cachorra que até hoje vivi uma vida de decisões livres, ou tão livres quanto possíveis dentro das limitações materiais de uma trabalhadora. Dormir até tarde, viajar, se divorciar, casar de novo, almoçar um doritos, experimentar um chá alucinógeno, e eu poderia ainda querer fazer um retiro em Maragogi, morar na Islândia, escalar o Everest. A boneca começa a se debater dentro da gaveta. Mas tu odeia frio, ela grita, não gosta de subir nem escada, nunca praticou um esporte radical em toda a tua vida. Olho para a cômoda. Mas eu poderia, respondo entredentes. Mas nunca vai, ela continua. Mas eu poderia! E então puxo a boneca para fora pelo bracinho, esmago na minha mão enquanto repito mais alto que eu poderia, eu poderia. A cachorra me interrompe pulando na minha perna. E essa foi mais uma importante lição da filha de papel, a compreensão de por que tantos bebês são chacoalhados até a morte.

À TARDE PRECISO ir ao cartório. Como não deu para passear com a cachorra de manhã, decido que vou levar ela comigo. Essa ideia se comprova prontamente estúpida. Cachorros não são permitidos dentro do cartório, o que eu deveria ter previsto, mas ando exausta e penso mal. Pergunto ao segurança da porta se ele poderia ficar com ela enquanto eu resolvo minhas coisas. Não dá, ele me diz. Ela é comportada, eu respondo. Ele: eu tenho medo. Eu: mas olha o tamanho dela. Não posso controlar, e dá de ombros. No bolso da camisa dele, vejo um maço dos cigarros clandestinos que a ambulante do meu bairro vende na rodoviária.

Uma senhora com um poodle se aproxima. Eu também preciso deixar o Thor com alguém, minha filha. Ela estende a guia do poodle. Vamos nos revezar, propõe. Aceito e fico segurando o Thor junto da cachorra. A senhora volta surpreendentemente rápido. Quando pega as duas guias, me diz: eu já tive um igual ao teu. Se chamava Veludo, era um demônio. Um dia o Veludo fugiu de casa e não teve jeito de encontrar. Seis anos depois, ela me diz, seis anos depois o Veludo apareceu no portão de casa pedindo pra entrar. Viveu ali mais um ano até morrer. Incrível, eu digo. Acho que ele queria morrer com a mãe, ela diz. Deve ser. Mãe só tem uma, ela sorri.

MINHA MÃE É a única mãe que me faz pensar em ser mãe. Com métodos para mim inapreensíveis, ela teve três filhos enquanto trabalhava e estudava. Depois tinha dois empregos. Depois fez cursos os mais variados. Depois virou ativista. Depois começou sua terceira faculdade. Entre tudo isso, foi mãe. Penso: pode funcionar. Mas também penso: imagina o que ela teria feito se não fôssemos nós, os filhos. Me pergunto se ela se pergunta o mesmo. Não pergunto a ela, é claro, porque vá que ela responda.

A SENHORINHA FICA segurando a minha cachorra e o seu poodle, já habituados um ao outro. Entro no cartório com o papel e a minha carteira de identidade. Preciso fazer um cadastro, assinar uma folha duas vezes, posar para uma foto. O funcionário precisa escanear meu documento, registrar meu endereço, meu telefone, meu estado civil. Do meu lado, uma adolescente reclama que é a terceira vez que está ali e não foi avisada de que precisava também de um outro documento qualquer. Não entendo bem, mas ela está braba, e o funcionário que a atende só diz que não pode fazer nada sem o tal documento. Ela se afasta pra falar ao celular. O meu funcionário olha pro colega e diz: a novinha é gostosinha mas é chucra, hein. Eu respiro fundo. Mais respeito que ela tem idade pra ser tua filha, digo com seriedade. Ele me olha espantado. Um momento de hesitação. Foi só um elogio, moça. Um elogio teu cu, tenho vontade de dizer e, quando me dou conta, já disse. Então largo a caneta e me esforço para subir em cima do balcão. A adolescente guarda o celular e se aproxima. Enquanto o funcionário tenta dar uns passos para trás, agarramos o fio do teclado do computador e, como numa ação coordenada, saltamos sobre ele. Uma mulher de vermelho que até então eu não tinha visto avança sobre o colega ao lado. A adolescente e eu enrolamos o fio do teclado ao redor do pescoço do funcionário. A mulher de vermelho agarra um abridor de envelopes. Apesar de sua resistência, enforcamos o funcionário e o penduramos no suporte da câmera de vigilância. Ao lado, vejo que a mulher de vermelho ergue no ar a cabeça decepada do colega. O sangue escorre pelo braço dela e se mistura às suas roupas no mesmo tom. Dos fundos da sala, outra cliente traz um escriturário arrastado pelos cabelos. Ela o joga no chão e todas nos aproximamos. A mulher de vermelho grita. Nós repetimos o grito e batemos os pés no chão. Tiramos as roupas e a mulher de vermelho pinta nossos corpos com o sangue do funcionário degolado. Dançamos ao redor do escriturário encolhido em posição fetal. A cliente entra em transe, se joga sobre o corpo no chão e, com os dentes, arranca o coração do escriturário. Devoramos o coração murcho e depois corremos em círculos enquanto cantamos num idioma desconhecido.

Na saída, pago sete e cinquenta pelo reconhecimento de firma.

A SENHORA ME DEVOLVE a cachorra e passeamos pelo parque antes de voltar para casa. Tenho vontade de me demorar, porque não quero mais conversar com a nenê de papel. Entendo que ela esteja chateada, mas preciso cuidar da minha própria vida.

Quando passei a morar com meu companheiro e a cachorra, também tivemos uma fase de adaptação. Quando acontecia de eu passar horas escrevendo sem parar, às vezes quatro horas sem nem ir ao banheiro, perdendo a hora do almoço, eu voltava a mim num susto e me lembrava da cachorra. Onde ela teria passado aquele tempo? Quando o mundo exterior deixa de existir e eu habito esse espaço não físico da criação, essa dimensão onde a escritora não está no mesmo lugar do seu corpo, por onde anda a cachorra? Depois me acostumei. Hoje em dia, às vezes a encontro na caminha dela, algumas vezes tomando sol sob a janela do escritório, noutras esticada sobre a manta do sofá. No começo, cheguei a me ressentir das manhãs em que eu queria ficar trabalhando e ela pedia passeios. Depois encontramos nosso ritmo. Ou apenas eu me apeguei a ela e aceitei fazer as suas vontades. Uma amiga que foi morar em Viena disse que depois de três meses sentiu saudades das garças que comem lixo no Arroio Dilúvio. A gente passa a gostar de qualquer coisa com que cria intimidade. Mas enquanto um cachorro vive uns quinze anos, uma criança é para o resto da vida.

Jogando galhos para que a cachorra corra atrás, eu sussurro comigo mesma: um filho é para o resto da vida (se não for, é pior). Meu companheiro manda uma mensagem dizendo que já chegou em casa. Imagino que a essa hora ele deve estar lavando a louça e logo vai colocar uma carga de roupa na máquina, que eu vou pendurar no varal amanhã.

Mais vinte minutos e ele manda outra mensagem perguntando o que eu quero jantar. Não sei, eu digito, mas já tô chegando. Entro em casa e tenho vontade de agarrar meu companheiro e sair em fuga. Ele está na sala, lê alguma coisa no celular. A cachorra corre aos pulos até ele, joga as patas no seu colo. Que tu tem?, ele pergunta. Não sei. Aconteceu alguma coisa? Não, nada. Tu parece cansada. Vou até o quarto e retiro a boneca da gaveta da cômoda. Volto até o meu companheiro e sento do lado dele no sofá. Coloco a filha de papel entre nós.

Ela precisa ficar com a gente o tempo todo?, ele pergunta, um pouco apreensivo, fazendo um carinho no meu ombro. Respondo que um filho ficaria com a gente o tempo todo. Mas ela é meio assustadora, ele diz. Minha voz sai meio ríspida ao dizer que lógico, lógico que o homem ia achar uma filha assustadora. Não é isso, ele afasta a mão do meu ombro. Vocês não têm ideia do que é ter um filho real, eu continuo falando sozinha. Não é isso, e ele chama meu nome, é que ela não tem nem rosto.

Eu paro e olho para a boneca. É como se apenas nesse instante me desse conta de que ela tem a cara vazia. Busco uma caneta e desenho na cabeça dois olhos e um nariz. Faltou espaço para a boca. Meu companheiro observa.

Acho que ficou pior, diz.

Tinha mesmo ficado pior.

Pensei que a gente poderia ser feliz com essa coisa a mais na nossa vida, eu digo com um sorriso melancólico. Ele me responde com outro sorriso melancólico, e eu não quero que esse seja o nosso novo idioma. Seguro a mão dele entre as minhas. Que nome tu acha que a gente teria escolhido? Não sei, ele diz. Eu gosto de Aurora, digo. Ele concorda, é bonito. Agarro de novo a caneta e escrevo Aurora na testa da boneca. Depois começo lentamente a abrir as dobras das folhas, desmanchando, gesto a gesto, aquela forma humanoide, aquela fantasia.

Quarenta

O medo da distância. Você só pensa em ter um filho com esse homem porque aprecia a companhia desse homem, mas depois você passa a viver um triângulo amoroso com a criança. E então a pessoa que era a sua companhia preferida pra tomar uma cerveja até as duas da manhã se torna a única pessoa com quem é impossível tomar uma cerveja até as duas da manhã, porque é ela que precisa ficar cuidando do bebê enquanto você tem a chance de ficar no bar até de madrugada. O medo da distância é o medo de trocar um bom marido por um filho.

O MEDO do sexo. O medo dos canais vaginais pelos quais passam nenês. O medo de que se alargue, que perca sensibilidade, que seu marido não veja mais graça, arranje uma amante, minta sobre reuniões no trabalho, peça o divórcio, case com a amante, engravide a amante, ache que a amante também ficou larga depois do parto, arranje outra amante, fique sem tempo de visitar a filha de vocês quando estiver na terceira amante, o medo de que sua filha vá crescer e, um dia, engravidar, parir, perder o marido para uma amante, que poderá ser a filha da primeira amante do seu marido, encerrando, assim, uma feminina herança incestuosa. O medo do sexo é o medo de que seja verdade o que falam sobre os interesses masculinos.

MAIS MEDO do sexo. O medo de perder a libido. O medo de não perder a libido, mas não ter folga para um segundo erótico sequer. O medo de olhar para o seu marido e enxergar um pai e perder o tesão e pensar este é um homem para brincar com massinha de modelar, e não um homem para despir e sentir e gozar. O medo de reduzir a dimensão erótica da vida até ela definhar e morrer num canto da sala, sufocada pelas teias de aranha do ano passado que vocês não tiveram tempo de limpar.

O MEDO da respeitabilidade. De que nunca mais ninguém vai querer flertar com você. De que nunca mais um homem vai te dizer obscenidades.

O MEDO do cansaço.

O MEDO de que seja diferente. O medo de que nasça sem uma perna ou sem um braço é um medo quase nulo, porque a criança ainda terá autonomia. O medo de que nasça cega é um medo quase nulo, porque ela ainda poderá se comunicar, ler em braile, ter um cão-guia. O medo de que nasça surda é quase nulo, porque aprende-se Libras, compram-se alarmes visuais, busca-se uma comunidade. O medo de que nasça sem nenhum braço e sem nenhuma perna é um medo quase imenso, porque ela vai depender mais dos pais. E quando vocês não estiverem? O medo de que nasça surda e cega é um medo quase imenso, porque vai depender mais dos pais. E quando vocês não estiverem? O medo de que o corpo da criança seja diferente não é o medo de que lhe falte um pedaço, mas de que lhe faltem pais.

O MEDO de epilepsia, síndrome de Down, má--formação: alguns dos muitos riscos para a criatura gerada pela gestante velha demais. Festas, álcool, drogas, sexo, rebeldia: quando a criatura começar a te desafiar, você estará cansada e sem paciência. O medo de estar velha demais é o medo dos genes, mas também o de se entediar da criança antes de que ela se entedie de você.

O MEDO de enlouquecer. Porque você leu numa revista que é muito fácil enlouquecer, basta um período de isolamento, um zunido alto constante, morar numa cidade com muito vento, ser privada de sono, ser privada de silêncio, de escuridão ou de luz, basta levar a exaustão ao limite. E uma criança é uma máquina de exaustão. Uma criança que não para de chorar ou que não dorme mais de duas horas seguidas é também um método de tortura. O medo de enlouquecer é o medo de que um filho seja sempre, inescapavelmente, um carrasco.

O MEDO de peixe cru. Não pode comer sushi, não pode tomar café, não pode fumar, não pode beber álcool e coisas horríveis acontecerão se você comer uma gemada. Também é melhor não fazer exercício demais, e não pode ter gato e não pode beber nem cerveja zero, porque ela tem um pouquinho de álcool. Então lembre: não pode comer peixe cru, mas também não pode ser vegetariana; não pode fazer exercício demais, mas também não pode ficar sedentária; não pode beber álcool, mas, se isso for muito estressante, é melhor tomar uma pequena taça de vinho, bem escondida, sem ninguém ver, do que ficar estressada, porque não pode ficar estressada.

O MEDO de preferir a companhia da criança à companhia dos seus amigos e depois ir ficando sem amigos porque eles terão encontrado novos amigos com assuntos mais interessantes do que os seus. O medo de criar amizades baseadas na idade em comum dos filhos e nem saber se a pessoa é mesmo interessante ou se vocês apenas têm o mesmo problema com mamadeiras.

O MEDO de que venha prematuro. Porque os pulmões ainda não estarão totalmente formados, porque o quarto não estará pronto, porque prematuros têm mais complicações, porque não haverá as roupas, porque os prematuros têm mais doenças, porque os prematuros ficam mais tempo no hospital, porque as estatísticas. O medo de que venha prematuro é o medo de que mesmo antes de chegar no mundo ele já tenha sido contaminado pela pressa.

O MEDO do parto. O medo de sentir dor, de passar vergonha, de fazer cocô, de outra pessoa ter que recolher o seu cocô, de chorar, de ter um corte no períneo, de sentir nojo, de não achar nada sublime, de causar nojo, de ter o bebê enrolado no cordão umbilical, de achar o bebê feio e não poder dizer a ninguém. Medo de falhar no que dizem ser um momento supremo da mulher e de que esse evento transformador e inesquecível seja também traumático e inesquecível.

O VELHO MEDO de que você não é boa com crianças por causa daquela vez que fez seu sobrinho chorar ao ganhar dele no videogame.

O MEDO de engordar. Medo de que as suas roupas não te reconheçam, de que o espelho não te reconheça, de que seu marido não te reconheça. Medo de ter que andar com um corpo que você não entenderá como funciona. Medo de ter dor na lombar, fazer xixi a cada dez minutos, não amarrar os próprios cadarços. Medo de não encaixar nas cadeiras, passar calor de noite, sentir dor sob os elásticos das calcinhas. O medo de engordar é o medo de perder o controle de quem se é.

O MEDO de engordar na medida do que significa ser uma mulher gorda sob os olhares dos outros. O medo de ser destratada no ônibus e no avião, de enxergar nos outros a repulsa à gordura, o medo da vergonha de comer uma sobremesa e as pessoas ao redor pensando meu deus aquela mulher devia se cuidar pra perder o peso do bebê, pra recuperar o corpo, pra recuperar a forma, porque neste país e época uma mulher gorda é uma mulher disforme.

O MEDO das novas estrias. O medo de não ter mais como disfarçar as estrias, de ter que ir à praia de maiô, de abandonar todas as miniblusas que você só passou a ter coragem de usar aos trinta anos, de gastar seu salário em cremes com colágeno, de ter que pesquisar o que é uma drenagem linfática, de se tornar uma mulher que vai ao salão. O medo das estrias é o medo de descobrir que a sua vaidade é maior do que você gostaria de admitir.

O MEDO de ter que se assumir uma má feminista. Porque uma coisa é ser uma má feminista na vida privada e temer estrias e ser insegura e sucumbir ao julgo social e querer ser magra em segredo. Outra coisa muito diferente é ter que viver publicamente como uma má feminista e anunciar em voz alta à professora do funcional que você quer perder a barriga. Perder a barriga e nunca mais encontrá-la.

O MEDO de perder a criança e nunca mais encontrá-la. É um instante, dizem, um instante e a criança pode desaparecer. Você olha pro lado e puff, foi-se a criança, atropelada, sequestrada, perdida. Você precisa voltar pra casa sozinha, precisa dizer ao seu marido que perdeu a criança, precisa procurar por ela. O medo de perder a criança é o medo de nunca mais poder se distrair. Mas é ainda mais o medo de sentir alívio na ausência da criança.

O MEDO do assoalho pélvico, essa coisa da qual você nem soube o nome na maior parte da sua vida adulta e agora te ameaça com fraldas geriátricas. O medo daquilo que o afastamento dos ossos da bacia vai fazer com o seu assoalho pélvico, pois não parece razoável que seus ossos queiram começar a mudar de lugar a essa altura da vida, e você acha que faz todo sentido que isso venha a gerar coisas como desinserção dos músculos levantadores do ânus, prolapsos genitais e incontinência urinária, embora você não saiba os detalhes de tudo isso, mas você com certeza entendeu que é preciso temer o assoalho pélvico.

O MEDO dos presentes. Você não usa tip tops, sua bunda não precisa de pomada para assadura, você não gosta de brinquedos, não precisa de mordedores nem de bichos de pelúcia. Medo de que seu aniversário se transforme numa extensão do aniversário da criança e você se transforme numa mera mediadora entre ela e os objetos. Medo de que falte espaço no armário para os sabonetes neutros, glicerinados, hipoalergênicos. Medo de que você fique feliz ao ganhar babeiros de silicone, pois são fáceis de limpar.

O MEDO maior de todos:
    O pior de todos:
    Aquele que você mal consegue dizer:
    Que você não consegue elaborar:
    Que espreita logo ali, ao virar a chave de casa:
    Que espreita logo aí, dentro da sua preguiça:
    O medo quentinho da domesticidade.

O MEDO de passar os genes errados, porque você torce para que a criança herde a sua inteligência, o seu cabelo volumoso e o seu coração de ferro, mas e se ela nascer com o seu nariz, o seu déficit de atenção e a sua tendência à pele acneica?

O MEDO das fraldas. O medo de que o bebê seja alérgico e exija fraldas de pano. O medo de que seja alérgico e exija sua atenção às mínimas brotoejas. O medo de que seja alérgico a lenços umedecidos porque você foi uma criança desesperadamente alérgica e passava a vida dentro de banheiras e encheu a paciência de muita gente. O medo de ser menos paciente do que foram com você.

Domesticar. v.t.d. e pron. Tornar(-se) educado para o convívio social. Amansar(-se) animal selvagem de modo que possa conviver com o homem. Por analogia. Submeter ao domínio do homem; sujeitar ao controle. "Domesticar o fogo". "Domesticar os mares".

O MEDO de desejar estar com o filho mais do que sozinha consigo mesma e, portanto, o medo de esquecer de si e daqui a cinco anos não lembrar mais o que você gostava de fazer aos sábados, não saber se você gosta mesmo de mamão papaia ou se essa é a única fruta que o seu filho aceita comer.

O MEDO de vazar. O medo de estar andando pelo mundo e a blusa começar a empapar, e então os olhares constrangidos dos outros, os olhares solidários, os olhares com pena, os olhares críticos, porque pensarão que há uma criança passando fome em algum lugar, o lugar onde esses peitos deveriam estar, o lugar de portas fechadas onde esses peitos deveriam ser acorrentados e deveriam cumprir seu dever moral e natural de serem espremidos por um parasitinha. O medo de que o seu corpo denuncie sem pudor quando você estiver em fuga.

> **Doméstica**. s.f. Mulher que presta serviços domésticos na casa de outrem. Empregada. Mulher sem profissão remunerada que trata da administração, manutenção e arranjo da sua casa. Dona de casa. Palavras relacionadas: doméstico, animal, violência, pombo-torcaz.

O MEDO de viver um lugar-comum. De ser parte de uma família tradicional. O medo de deixar de ser descrita como alguém de espírito livre às vezes talvez um pouco caótica e passar a ser descrita como uma excelente mãe ou ainda pior: como uma mãe que, coitada, está tentando. O medo de ser medida e definida por uma criança de menos de quatro quilos e cinquenta centímetros de altura. Animais domésticos.

O MEDO de que outros adultos chamem você de mãezinha.

O MEDO de virar um pombo-torcaz. O mais corpulento de todos os pombos, chegando a medir mais de quarenta centímetros. Deriva do latim *torquatus*, advindo do étimo *torquis*, que pode assumir os significados de colar, anel, grinalda e coleira. E você sabe que ter um filho é mais sério do que casar, porque é para sempre. Mais sério do que casar de grinalda. Mais sério do que casar de coleira.

O MEDO de se precipitar. O medo de não ter pensado o suficiente. De ter se deixado levar pela empolgação, pelas normas sociais, pelas fotos de bebês fofinhos, pela falta de sentido no atual estado das coisas, pelo relógio biológico, pela ideia narcísica de criar um humano, pela curiosidade, por gostar de se deixar levar. Medo de que ter um filho seja mais uma ideia ruim a adensar a sua lista de ideias ruins que passam por cortar a própria franja, consertar sozinha um liquidificador, comprar criptomoedas, fazer uma composteira ou pagar um ano adiantado da academia — mas um filho é uma composteira que você não pode guardar no quartinho dos fundos.

O MEDO de tomar essa decisão pautada pelo medo, e não pelo desejo. O desejo de tomar uma decisão genuína.

O DESEJO de hesitar menos. O desejo de parar de pensar em excesso. O desejo de pautar uma vida pela empolgação, pela construção de sentidos, pela curiosidade, pela pluralidade, pela ampliação da experiência da vida, por gosto. O desejo de cortar uma franja, arrumar eletrodomésticos com fita isolante, pintar uma parede com as próprias mãos e deixar feio, bem feio e manchado, feio e tosco, e de criar um filho cheio de defeitos e manchas de tinta e depois inflar o peito e abrir um sorriso e dizer: fui eu que fiz.

O DESEJO de experimentar da vida tudo o que a vida tiver para oferecer no espaço, no tempo e nas condições que te couberam. Experimentar qualquer coisa pelo menos uma vez, de coxinha de jaca a paraquedas, de suruba a crochê, de observação de pássaros a LSD, de publicar um livro a até mesmo ter um filho.

O MEDO de conviver com um homem (e um bebê), de se sujeitar ao domínio de um homem (e de um bebê), de domesticar (domesticar-se) e não encontrar outra saída que não a rebelião.

O MEDO de querer abandonar tudo em nome de outra coisa.

O DESEJO de querer abandonar tudo em nome de inventar novos meios de rebelião que possam ocorrer aí, dentro de você, ao lado de um homem, ao lado de um filho, uma rebelião que saiba arder com força, que saiba contagiar uma família, um país, um século.

A ATRAÇÃO pelas apostas às cegas, que levam aos maiores ganhos, mas também à ruína.

O DESEJO das descobertas. O desejo de conhecer de outra forma tudo o que você já conhece porque acredita que, no mundo, pouco importa o que existe, importa apenas como se enxerga o que existe, e ter um filho é como ganhar emprestado um novo par de olhos. É o desejo de salvar a capacidade de encantamento como quem resgata um passarinho que bateu contra o vidro da janela.

O DESEJO de vazar. De que os seus seios espirrem leite pelo apartamento, que o leite escorra pelas escadas do prédio, tome a cidade, provoque enchentes, antecipe a submersão das ilhas que já iam mesmo desaparecer com o aquecimento global, cubra o Himalaia, inaugure um novo dilúvio.

O MEDO de ter que aprender a construir uma jangada usando os parcos recursos de uma escritora, a dúvida a respeito de se um lápis serve de boia salva-vidas.

O MEDO desejante de correr o risco.

Os Ramis

Me ocorre que eu poderia tentar ser uma uruguaia. Não seria difícil morar aqui, basta providenciar alguma documentação, os tratados do Mercosul garantem o resto. Se eu me tornasse uma uruguaia, talvez fosse mais calma. Com certeza conseguiria acabar de escrever o livro. Talvez me decidisse a ter o filho. Penso nisso enquanto aliso a pedra sobre a qual estou sentada, buscando algum calor remanescente do sol, observando os uruguaios que passam pela praia de Punta Carretas.

É um lugar lindo, cheio de pessoas que parecem ter compreendido a verdadeira natureza triste da vida. Essa é a beleza dos uruguaios, eles caminham com os ombros curvados sob essa verdade. Admiro-os profundamente. Invejo sua sensibilidade. Contemplo o frio da praia vazia, sua sabedoria de pedra exposta na margem irregular, e é absolutamente contra a minha vontade que deixo crescer em mim o desejo de ir para longe daqui e tomar uma cerveja gelada pelas ruas de Porto Alegre.

Penso na imagem de Vitor Ramil passando calor no Rio de Janeiro, de pé na frente da televisão, diante das imagens do carnaval no sambódromo. Lembro das palavras dele naquele ensaio: *um estrangeiro em meu próprio território nacional*. Lembro do seu impecável elogio à estética do frio, que une o sul do país aos nossos vizinhos platinos. Eu já fui como ele. Já fui uma brasileira expatriada em solo brasileiro. Mas agora olho para o Rio da Prata e sonho com o carnaval. Agora sou duas pessoas. Agora quero muito levar uma vida introspectiva e profunda que a solidão invernal produz, mas também quero muito pular carnaval de biquíni no meio de março tomando cerveja com purpurina nos bloquinhos de rua de Porto Alegre.

Não é algo que eu entenda. Fiz de tudo para sair de lá, para estar exatamente aqui, sentada sobre uma pedra de Montevidéu, aproveitando o privilégio de uma residência artística que está pagando as minhas contas para viver num apartamentinho, dar uns cursos, escrever um livro. Fiz um esforço monumental para entregar um bom projeto na inscrição, juntei o dinheiro da passagem que eles não pagariam, organizei com meu companheiro um cronograma de visitas para que nos víssemos pelo menos três vezes ao longo dos seis meses que tenho nesta cidade tão adequada para alguém como eu, isto é, alguém com ambições artísticas.

É assim que o meu companheiro se refere a isso que eu tento fazer: ir atrás das minhas ambições artísticas. Depois ele reforça que ambições não é uma boa palavra, porque parece ter uma carga pejorativa, e não é esse o caso, ele quer apenas falar de *sonhos artísticos*, mas acha que a palavra *sonho* é cafona. Eu não me oponho à palavra *ambições*, não penso muito sobre ela, tampouco me oponho a *sonhos*.

Publicar o primeiro livro não foi resultado de uma ambição artística, foi mais como *fazer o que dava* com isso que eu sinto que quero fazer. Mas então veio o segundo livro, um projeto para um terceiro, uma residência fora do país, e subitamente tudo parece mesmo um pouco pretensioso. Nada a ver, tu merece coisas boas, o meu companheiro me diz numa ligação durante a qual eu falo sobre me sentir uma impostora.

CERTA FEITA, tempos atrás, muito antes de vir à capital uruguaia observar uruguaios, encontrei uma amiga culta num bar da Cidade Baixa. Estávamos falando de qualquer coisa quando o filho do Vitor Ramil entrou no bar. A minha amiga, que além de culta é bem relacionada, conhecia o filho do Vitor Ramil, e por isso ele se aproximou da nossa mesa e deu um abraço nela. Ela comentou alguma coisa elogiosa sobre o último show dele, o show do filho do Vitor Ramil, que também é músico, embora seja de outro tipo, e o show dele tinha acontecido não no elegante Theatro São Pedro, onde o seu pai provavelmente tocaria, mas num pequeno teatro independente onde pessoas bem-informadas costumam assistir a bons espetáculos.

O filho do Vitor Ramil abriu um sorrisão, *ah, obrigado, vocês tavam lá, é?*, e com essa frase, acompanhada de um breve olhar lateral, me incluiu na conversa. Eu me vi obrigada a sorrir e dizer *parabéns*, dando a entender que eu tinha assistido ao seu bom show, o que era uma factual mentira, porque, naquele dia, embora a minha amiga inteligente e culta tivesse me convidado para ir com ela, eu fiquei tomando cerveja na calçada de um boteco de quinta categoria porque era uma noite que eu só queria estar na rua e não tinha vontade nenhuma de estar num lugar frequentado por pessoas de bom gosto assistindo a um bom espetáculo, mas, enfim, na hora achei que era melhor mentir, não para preservar os sentimentos dele, que certamente não seriam abaláveis pela minha desimportante presença ou ainda mais desimportante ausência, mas porque, na época, eu queria ser uma pessoa que frequentava mais espetáculos e tomava menos cerveja.

A questão é que eu nunca fui uma escritora cujo charme é frequentar botecos de quinta categoria. Os botecos de quinta categoria que os escritores charmosos frequentam são outros e, além do mais, os escritores charmosos que bebem são homens. Os botecos que eu frequentava tampouco eram os malditos, eu não fazia parte do submundo subversivo da noite porto-alegrense. A vida maldita de Porto Alegre é, para mim, tão alienígena quanto o carnaval carioca para o Vitor Ramil. Isso quer dizer que eu frequentava os lugares errados: nem os bons espetáculos, nem os botecos charmosos, nem os malditos. Papo pra lá, papo pra cá, eu acabava com uma amiga em algum barzinho de bairro com gente velha sentada de lado nas cadeiras, onde os trabalhadores cansados de outros bares iam para dividir porções de batata frita ruim, onde havia sempre pelo menos uma mesa ocupada por uma pessoa sozinha, porque uma pessoa sozinha não se sente bem num bom espetáculo, nem num bar charmoso, e talvez não sobreviva a um bar maldito, e é assim que você sabe que está num bar comum e errado para alguém que tem ambições artísticas: ali no canto tem uma pessoa bebendo sozinha, você sabe de cara que ela não está esperando ninguém e você diz pra si mesma, bom, enquanto eu não for essa pessoa, acho que a minha vida está sob controle.

Em Montevidéu, ainda não achei o meu bar. Todos parecem excessivamente charmosos, mas talvez isso seja apenas porque em todos eles as pessoas falam espanhol. Penso que eu deveria estar frequentando os mesmos lugares que pessoas que eu admiro frequentam, por exemplo, os lugares frequentados pela família Ramil, porque, enfim, uma das músicas do Vitor Ramil é a minha preferida no mundo, e todas as outras que não são a minha preferida são muito boas, mas eu suponho que o Vitor Ramil frequente lugares em Pelotas, e eu não tenho a intenção de morar em Pelotas, por mais que de lá também tenha saído a Angélica Freitas, e só essas duas pessoas já bastam para fazer valer uma cidade. Duas pessoas que, aliás, já trabalharam juntas, Vitor Ramil e Angélica Freitas andando juntos nas ruas certas, e então sinto ainda mais vontade de frequentar os lugares frequentados pela família Ramil, talvez até mesmo a casa da família em Pelotas, escutar as conversas deles sentindo a mais absoluta admiração e apenas uma ponta de raiva invejosa, pois haveria que se ver melhor a questão da distribuição de talento neste estado, mas, sim, eu de repente tive a mais absoluta certeza de que todos os meus problemas poderiam ser resolvidos pela família Ramil, se apenas eu fosse amiga da família Ramil, poderia aprender prosa e música com a família Ramil, trabalhar para a família Ramil, ser vista ao lado da família Ramil e assim acessar a cena artística acessada pela família Ramil, tomar um trago com a família Ramil, perguntar sobre ter filhos à família Ramil, pedir um empréstimo à família Ramil, comer um churrasco com a família Ramil, embora eles talvez sejam vegetarianos porque agora todas as melhores pessoas são e, nesse caso, fazer kebabs veganos com a família Ramil, plagiar algum original esquecido nas gavetas da família Ramil, adotar como pseudônimo o sobrenome Ramil, virar outra pessoa.

Virar *uma* pessoa. Deixar de ser uma impostora que caminha em silêncio entre uruguaios, uma impostora que só de vez em quando aparece nos teatros corretos, uma impostora que uma vez por ano coloca cílios postiços cor-de-rosa e canta marchinhas no carnaval de rua. Decidir *qual* pessoa e virar *essa* pessoa.

ESSAS DÚVIDAS não surgem do nada na minha cabeça, elas fazem parte de um repertório recorrente de conversas com meu companheiro, um repertório que se renova quando ele vem passar um fim de semana em Montevidéu, e embora o assunto do filho não seja novo, ele se torna cada vez mais urgente, dada a idade dos meus óvulos e a proximidade de sua extinção.

Pelo fato de que ainda não tenho um bar em Montevidéu, mas já tenho uma praia, é que estamos na Punta Carretas, cada um empoleirado sobre uma pedra, eu jogo conchinhas na água, pontuando cada frase um pouco envergonhada que sai da minha boca. Eu acho que não devo ter um filho porque nunca vou saber criar um lar como o da família Ramil. Uma conchinha fura a água. Deve ter uns dezesseis músicos naquela família, tu sabia? Outra conchinha. Todos talentosos. Conchinhas. E eu não faço música, essa atividade agregadora, eu sou uma escritora, e escritoras precisam ficar sozinhas. Duas conchinhas de uma vez. Uma pessoa fechada num quarto não cria um filho. Arranco uma conchinha das cracas da pedra. Então talvez eu parasse de escrever, e esse é meu medo, o de que me tornar mãe não vai significar ser uma coisa a mais, mas ser muitas coisas a menos, medo de que vou ser apenas mãe ou, com sorte, uma mãe que escreve, mas certamente uma mãe que escreve pouco e, com maior probabilidade, uma mãe que escreve pouco e mal e, sem dúvida alguma, uma mãe que escreve pior do que antes.

Depois de dizer todas essas coisas ao meu companheiro, ou coisas parecidas a essas coisas, depois de dizer as coisas possíveis ao meu companheiro, ele me olhou, seu rosto imutável desde que eu tinha começado a falar; ele só me olhou e disse:

Eu toco violão.

É verdade, ele toca violão e, como se não bastasse, toca bem. Enquanto eu paralisaria de constrangimento, meu companheiro se integraria perfeitamente a uma janta na casa da família Ramil. Ele não apenas toca violão, ele compõe. Ele comporia músicas com a família Ramil, enquanto eu buscaria algum canto escondido para rabiscar bobagens num caderninho de bolso que eu depois tentaria remendar até transformar em algo que pudesse ser chamado de conto. Enquanto eles fariam planos de discos e meu companheiro ensinaria nosso filho a tocar violão e a se relacionar com as pessoas certas nos lugares certos, eu tentaria desaparecer atrás da cortina. Isso eu não pronuncio em voz alta para o meu companheiro, porque agora minhas mãos estão suando e meu cérebro está projetando imagens de fuga para a Patagônia, de um tsunami que acabe com essa conversa, de um meteoro que nos distraia desse fato evidente que acaba de se solidificar entre nós: ele está pronto para ser pai, e eu não tenho em mim uma mãe. Ele toca violão, e eu sento sobre pedras enquanto não escrevo livros.

Meu companheiro desvia os olhos do rio da Prata, se volta para mim, sorrindo, e, como se tivesse obtido uma resposta, diz:

Além disso, a família Ramil nem existe.

Ora, se eu tenho provas, se eu ainda tenho em casa CDs do Vitor Ramil, CDs que eu não tenho mais onde enfiar, mas que guardo pelos encartes, e se já menti para um dos filhos do Vitor Ramil, e se realmente fui a shows nos quais tocou a sobrinha do Vitor Ramil. Eles existem em carne, osso, talento e nessa irritante medida de inalcançáveis mas acessíveis, porque eles estão por aí, nos cafés de Porto Alegre, pode-se dizer que ao nosso lado, mas é evidente que eles pertencem a uma outra camada da realidade. Em todo caso, existem, disso não tenho dúvidas.

Meu companheiro me escuta com aparente tédio enquanto brinca com a lingueta do seu sapato sem cadarços, o sapato que ele mais gosta, porque aí os cadarços nunca desamarram.

Não, ele diz, eu falo dessa família Ramil mítica que te dá medo. Essa família Ramil só existe dentro da tua cabeça.

VOLTAMOS PARA O MEU apartamentinho de mãos dadas, como de costume, observando coisas, pessoas, pássaros uruguaios e apontando placas, cardápios e anúncios em espanhol, caminhando e vivendo normalmente. Não é fácil explicar para alguém que as coisas que existem apenas dentro da minha cabeça têm o mesmo peso de realidade do que as coisas que existem fora. Durante a maior parte da minha vida, achei que era assim para todo mundo. Foi uma surpresa aprender que existem pessoas que administram uma cautelosa fronteira entre fantasia e realidade.

Sobre o balcão da cozinha estão as verduras que compramos mais cedo para a janta. Ele diz que vai cozinhar, que eu posso ficar tranquila e descansar ou escrever um pouco, se eu quiser.

Aproveita que ainda não tem nenhum bebê na nossa vida, ele diz, rindo, enquanto pega a tábua de madeira e alinha os vegetais sobre ela.

Ele não diz o que nós dois sabemos muito bem, porque ele gosta de mim e quer me preservar disso que nós sabemos muito bem, e eu também não digo o que sabemos muito bem porque não quero assumir em voz alta essa coisa que é a situação concreta de que, mesmo sem filho, eu já estou não conseguindo escrever o livro, a constatação de que as minhas ambições literárias vão minguando na mesma velocidade que murcham os meus óvulos.

Com o filho, eu pelo menos teria uma desculpa.

Mas, se eu não tiver o filho, abro mão da justificativa para não ter feito tudo que eu já não ia fazer mesmo. Se eu não tiver o filho, vou ter que ser excelente naquilo a que me dedicar, porque não vou ter o álibi da maternidade justificando a minha falta de talento, um abandono de carreira, os fracassos todos que estão por vir. Se eu não for mãe, vou ter que achar outro jeito de validar minha existência, para que as pessoas digam bom, ela não teve filhos, mas é que escreveu a maior obra da literatura universal, ganhou um Nobel, depois criou a vacina para o câncer, impediu uma guerra, salvou as crianças da fome.

Me acomodo no sofá e, em vez de enviar o capítulo que eu deveria entregar à equipe da residência, envio um e-mail pedindo uma extensão de prazo. Uma semana a mais, por favor, e uma série de desculpas. Depois agarro o livro de poemas do Juan Gelman que está morando entre as almofadas do sofá. Abro na página dobrada no cantinho. *Esa mujer se parecía a la palabra nunca.* Deixo o verso se alojar cada vez mais fundo na minha cabeça. É o que eu quis parecer a muitos homens antes deste homem. Uma impossibilidade. Os amores impossíveis são os mais bonitos, não apenas por serem românticos, é claro que por isso também, mas, sobretudo, por sua liberdade. Um amor impossível não prende ninguém. Ele sequer começa, ou, caso comece, dura pouco. Depois vai cada um para seu lado seguir a própria vida, uma vida que acaba de ganhar mais profundidade, mais uma camada de significado, pois marcada pelas cicatrizes de um amor perdido. Esse, para mim, era o amor ideal: circunscrito ao passado.

Penso nisso enquanto olho para o meu companheiro, ocupado com o corte dos dentes de alho e o tempero das cenouras. Este homem se parece à palavra sempre.

Tu acha que todo mundo sabe fazer o que tu faz, mas isso não é verdade, ele me disse na manhã do dia em que precisava voltar a Porto Alegre. Eu falava de como tudo que escrevo me parece banal e desnecessário, e ele dizia que isso só acontecia porque, no momento em que coloco as coisas no papel, elas já não são mais novidade para mim, mas ainda vão ser para outras pessoas. Talvez ele tenha razão, ele tem esse hábito enervante de me conhecer, mas isso não muda o fato de que escrever não ajuda em nada na criação de um filho, tampouco muda o fato de que em todas as coisas de ordem prática da vida meu companheiro é mais competente do que eu. Antes de ir embora, ele me deixou sete potinhos de comida congelada, porque sabe que eu acabo todo dia almoçando sanduíches.

Na primeira noite de novo sem ele no apartamento, tive vontade de chorar, porque me senti solitária e fiquei remoendo o que eu deveria ter dito a ele e não disse. Seria bom escrever sobre isso, eu pensei então, grandes escritoras são com frequência melancólicas, e não foram poucas as vezes em que eu desconfiei que minha falta de talento pudesse se dever a um excesso de felicidade. Ainda no ano passado, vestindo um maiô de lantejoulas e uma saia de tule rosa-choque, descendo uma rua sinuosa atrás de um bloquinho carnavalesco, cantando alto e rindo à beça, pensei: talvez eu seja alegre demais para ser escritora. Naquele dia, eu deveria ter passado a tarde finalizando um conto que me tinha sido encomendado para uma coletânea, mas fez um dia de sol e folia, eu entreguei o conto do jeito que estava e troquei as palavras pela rua.

Por isso agora eu deveria aproveitar essa solidão noturna, ligar o computador e abrir o arquivo do livro. Mas não consigo. Nessas noites melancólicas, quando tantas poetas encontram suas musas, quando tantos sentimentos acham vazão para figurarem em belas páginas do cânone literário, nessas noites espessas quando outras escritoras melhores do que eu escreveriam coisas como *Esfolei meus dedos nos dentes famintos da noite*, eu apenas deito na cama, pego o celular e jogo tetris.

Não tinha feito nem cem pontos quando chegou a notificação da resposta desapontada e um pouco recriminatória do pessoal da residência artística, mas que, sem opção, me concedia mais uma semana de prazo. E ali, da cama, enxergando um quadradinho de céu que vazava pela janela, o céu nublado dessa cidade livre de Ramis, eu me perguntei se faria sentido abrir mão do filho em nome de uma carreira com a qual eu nunca me comprometi verdadeiramente. E se eu nunca me comprometi verdadeiramente com isso que eu digo desejar, vou ter condições de me comprometer com o filho?

NA MANHÃ SEGUINTE, meu companheiro avisa que chegou em casa. Que está com saudades, feliz que a viagem de ônibus foi tranquila. Eu saio de casa vestindo o casaco que pedi que ele deixasse, porque é fofinho e aconchegante. Refaço ao contrário o trajeto que percorremos ontem. Presto atenção nas coisas em que o meu companheiro prestou atenção: uma placa escrita Paseo, a pichação do rosto de um alienígena, uma casa de esquina com paredes redondas. Chego a Punta Carretas e me sento sobre a mesma pedra. Escrevo uma mensagem:

Onde estaria nosso filho agora? Se eu preciso estar aqui e tu precisa estar aí, onde ia ficar esse bebê?

Dez minutos se passam até ele me responder.

Não sei. Acho que a nossa vida ia ser um pouco diferente.

Entende?, eu pergunto de volta. *Não sei se um filho cabe na nossa vida.*

Antes mesmo que ele responda, eu mando uma sequência desorganizada de mensagens nas quais confesso que desde que cheguei a Montevidéu não escrevi uma linha do livro prometido, a única coisa que eu escrevi foram listas de medos, sonhos carnavalescos, delírios de usurpar a vida de algum Ramil, tentativas de prever nossa futura vida hipotética, e digo que não coube um filho em nenhum lugar, não tem onde colocar.

E então esse homem, esse homem que enxerga em mim uma escritora, distante oitocentos quilômetros, esse homem que toca violão, que gosta de cozinhar de noite, esse homem que quer conhecer as fabulações da minha cabeça, esse homem de sapatos sem cadarços, esse homem, o futuro pai do meu filho, responde:

Na vida cabe mais coisa do que na literatura.

Japão

Ainda tenho alguns meses para ser apenas filha antes de ser também mãe. Mas se eu fosse falar de mim como filha, o curioso é que eu precisaria falar mais do meu pai do que da minha mãe. É curioso porque ambos estiveram igualmente presentes na minha infância — a nossa infância, é necessário dizer, porque somos em três —, mas minha mãe sempre foi mais ativa, mais falante, mais regente da casa do que o meu pai.

Talvez seja justamente por isso que falaria sobre ser filha do meu pai, porque ele sempre esteve mais escondido dentro do seu silêncio, da sua cabeça avoada, do seu próprio mundinho, como dizia minha mãe a respeito dele e, depois, de mim. Durante muito tempo acreditei que todos os homens falavam pouco. A fala pertencia às mulheres, aos homens cabia a observação. Mas eu falava pouco e observava muito. Cresci com a sensação difusa de ser uma mulher que saiu errado, e talvez por isso tenha começado a escrever.

MEU COMPANHEIRO é o primeiro leitor do que escrevo. Mostro para ele um conto distópico no qual uma família de um futuro hipervigiado e hipercapitalista enfrenta as habituais dificuldades de diálogo que surgem de um choque de gerações.

Interessante que aparece mais a filha do que a mãe, ele diz.

O que tu quer dizer com interessante?, eu pergunto, já me sentindo acusada, que é o meu estado permanente de espírito desde que contei a ele sobre a gravidez, a sensação constante de estar fazendo algo errado.

Sei lá, ele diz, só achei curioso.

Recolho meus papéis e volto para o canto da sala que virou o escritório desde que o escritório se transformou num protótipo de quarto de bebê. Que bobagem, eu penso, a mãe está ali. Mas depois me pergunto se aquela mãe é um arquétipo, se é minha mãe, se sou eu mesma. Deve ser eu mesma, já que é no futuro. Por que ela parece tão apagada? Dobro os papéis e coloco embaixo da impressora. Muito já foi escrito sobre os problemas de se ter um homem imprestável, mas pouco se fala dos desafios de se ter um homem decente. O principal deles é que, quando ele diz alguma coisa, a gente tem que dar ouvidos.

Passo a tarde procurando uma mãe nas entrelinhas da rotina. Saio para passear com a cachorra, deixo que ela cheire a minha barriga, um hábito novo que eu suponho denunciar sua percepção animal de que uma revolução se aproxima. Ela continua sendo a cachorra enérgica de sempre, mas tenho a impressão de que me protege mais. Voltamos mais cedo do que ela gostaria, mas a minha bexiga esmagada já não permite longas ausências de casa. É melhor me acostumar.

De noite, meu companheiro me pergunta se quero ver um filme. Aproveito as rodinhas da cadeira para deslizar para trás, o novo jeito de "sair" do escritório. Pode ser, eu digo, quer dizer, depende, o que a gente veria? Ele pega o controle da televisão e pergunta se eu não quero ver *Encontros e desencontros*, um filme de que ambos gostamos e que ele, afeito a reprises, gosta especialmente. É um filme em que Tóquio é uma personagem tão importante quanto a jovem solitária e o ator desiludido, e meu companheiro sonha com ir ao Japão, mas só depois que aprender alguma quantidade — específica para ele, difícil de mensurar para mim — de japonês.

NÃO SERIA NECESSÁRIO que eu dissesse muito sobre a minha mãe. Ela é facilmente pesquisável, não é nada difícil encontrar entrevistas com ela e deixar que ela fale por si. O mesmo não acontece com o meu pai. O que alguém encontraria com mais facilidade seriam declarações depois dele ter se tornado um mestre zen-budista, quando passou a dizer não mais com seu próprio nome, mas com o nome de sensei.

O zen-budismo é a vertente japonesa do budismo, diferente da mais esteticamente reconhecível do Tibete. Enquanto os tibetanos possuem as bandeirinhas coloridas, os zen sentam de frente para paredes nuas. Meu pai esteve no Japão uma vez, quando, na juventude, foi visitar um amigo. Precisou se virar sozinho na chegada, porque, atrapalhado com o fuso horário, chegou num dia, mas o esperavam para o seguinte. Deu um jeito de viajar até a cidade do interior onde morava o amigo e ali encontrou sua família, sem o amigo, que tinha saído para buscá-lo. Um outro continente, um outro hemisfério, um outro relógio. O Japão é tão distante que nem parece possível ir até lá. Um lugar onde a gente sempre vai chegar ontem quando deveria chegar amanhã.

Essa é uma das poucas histórias que meu pai repete. Junto com ela, alguns causos de viagens em moto, perrengues de acampamento, histórias de quando ele dirigia uma kombi escolar. Já minha mãe conta sobre os colegas desaparecidos durante os anos na universidade. Conta sobre ter sido revisora do Correio do Povo, tímida demais para abordar Mario Quintana, que encontrava tomando café preto e comendo quindim. Conta do tempo de empacotadora no supermercado e de morar em Viamão. Conta da infância no interior, das dívidas, das roupas remendadas e da falta de açúcar. Minha mãe se sai melhor na tarefa de construir o mito familiar.

NO FILME, as imagens de Tóquio são perturbadoras. Luzes coloridas, música alucinada, multidões em meio a publicidades neon. Não entendo o que meu companheiro quer fazer lá. Suponho que ele se encaixaria melhor no ritmo plácido de Yasujiro Ozu do que nas ruas frenéticas da Tóquio de Sofia Coppola, mas essa é uma suposição que crio a partir de uma ideia de cidade que existe no futuro. Na internet, viralizam vídeos dos vasos sanitários do Japão. Controles automatizados, jatos de água quente, trilha sonora, algo que poderia ter aparecido nos Jetsons. Meu pai, entretanto, diz que, quando visitou o interior do país, os banheiros tinham um buraco no chão sobre o qual a pessoa se acocorava. *Anatomicamente falando, é melhor pro corpo*, costuma dizer o meu pai. Penso nesses dois banheiros concomitantes, tradição e tecnologia, ontem e amanhã simultâneos.

Eu saio do sofá e me sento na poltrona porque ela fica mais perto do banheiro, e preciso fazer xixi a cada vinte minutos. Quando reclamei disso dias atrás, uma amiga que tem filhos me disse *relaxa, logo passa, logo esse intervalo vai cair pra quinze*, e deu um sorrisinho debochado, o mesmo sorrisinho debochado que eu dou quando estou no parque e um novato dono de cachorro, apavorado com a energia do seu recém-adotado filhote, me diz que se agarra à esperança de que com a idade os cachorros se acalmam, e eu respondo com toda a tranquilidade do mundo, *sim, eu também ainda estou esperando por isso, a minha já tem seis anos*, e invariavelmente, como se tivesse sido treinada, a cachorra contribui com a carga dramática do momento ao se jogar dentro de uma poça de barro. Agora passo a mão na cabeça dela, sentada ao lado da poltrona, e me levanto para ir ao banheiro.

UM PAI que é mestre zen-budista é um pai oscilante, posto que às vezes é pai, mas às vezes é mestre zen-budista. A filha do mestre zen-budista às vezes quer almoçar com o pai e quem aparece é o zen-budista; às vezes ela acha que vai conversar com o mestre zen-budista e quem aparece é o pai com trocadilhos e jogos de palavras e comendo sobremesa às escondidas. É raro, mas às vezes a filha almoça com uma figura intermediária: um senhor que fala sobre viajar a São Paulo para oficializar em cartório o reconhecimento como mestre zen-budista, e esse senhor não pode ser nem o mestre zen-budista (não parece possível que budistas se preocupem com coisas tão mundanas), nem pode ser o pai, que sempre manteve certa distância das instituições. Esse senhor híbrido é um desconhecido familiar, porque a ele também apetecem os longos silêncios e a ele também interessa a vida da filha.

O mestre zen-budista nunca se casou. Ele começou a namorar uma estudante de física aos vinte anos. Depois uma estudante de química. Depois uma de pedagogia que passou num concurso da UFRGS. Depois uma servidora federal estudante de medicina, com quem teve filhos. E então uma fisiatra, uma dançarina de flamenco, uma defensora do patrimônio público e, hoje, uma aposentada que cursa letras. O mestre zen--budista, que já foi um jovem motoqueiro sindicalista, nunca se casou, mas vive há mais de quarenta anos com a mesma mulher, e ela é a personificação da impermanência.

Vou ao banheiro mais uma vez e noto que perdi um dos meus brincos preferidos. Era bonito, de madeira. De manhã tinha saído de casa com os dois, voltei apenas com um, o que me faz lembrar da minha mãe. Certa vez, ela foi me encontrar num restaurante para almoçarmos, e eu avisei que ela estava sem brinco numa das orelhas. Ela procurou pela bolsa, pelas roupas, mas nada. Um dos seus brincos preferidos, perdido para sempre.

Minha mãe suspirou. Encerrou o assunto dizendo que *é assim mesmo, a gente sempre perde os brincos preferidos porque são os que a gente mais usa*, aí levantou e foi se servir de salada. Entendi o destino das coisas de que gostamos enquanto minha mãe pinçava um rabanete.

A mulher impermanente e o sindicalista tiveram três filhos. Há mais fotos da infância do primeiro do que da última, como é de se esperar das coisas que são menos novidade. Carregavam os filhos em longas viagens de férias, enfiavam os filhos em barracas por semanas a fio, ensinavam aos filhos que cutias eram dóceis, escorpiões eram perigosos e cobras exigiam que um adulto fosse chamado imediatamente. Tais recomendações garantiram que todos os filhos chegassem à idade adulta e se tornassem pessoas suficientemente ajustadas. A mãe se orgulha de ter formado todos os filhos na universidade. Os ex-motoqueiros deram um jeito de amadurecer crianças que foram atrás de realizar seus sonhos de infância, e foi assim que acabaram com um filho aviador, uma filha escritora e uma filha cineasta. Quem mais teria levado a sério esse trio de profissões?

Poderia ser o começo de uma piada: um aviador, uma escritora e uma cineasta entram num bar...

QUANDO COMECEI a escrever, minha mãe agregou ao seu repertório recorrente de histórias uma personalizada: quando morava na Cidade Baixa, ela certa vez encontrou num bar Caio Fernando Abreu, que já andava magro e triste. Não se conheciam, mas ela sabia quem ele era.

Sentou perto dele e de algum modo descobriram que ambos eram vegetarianos. Ele disse que estava com fome, e ela respondeu que em casa tinha arroz com vagem. Caio Fernando Abreu estranhou a receita, mas aceitou o convite. Jantaram juntos. Caio Fernando Abreu gostou de arroz com vagem. Nunca mais se viram. Algum tempo depois, ele morreu e, mais algum tempo depois, minha mãe deixou de ser vegetariana, muito antes de ser mãe.

UM AVIADOR, uma escritora e uma cineasta entram num bar, mas eles não sabem bem sobre o que conversar porque faz tempo que não se veem. O piloto mora em São Paulo, a escritora mora no Peru e a cineasta mora em Florianópolis. Estão juntos excepcionalmente, porque há um enterro, e o bar não é um bar, mas a cafeteria do cemitério onde vão se despedir da avó paterna. Trocam poucas palavras. Perguntam uns aos outros o que acharam da cara do pai. Não sabem dizer; igual a sempre, talvez. Estava quieto, quase sério, recolhido. Passaram-se já doze anos desde esse enterro, e um pai calado continua muito parecido a um mestre zen-budista. Os brincos que usei naquele enterro tinham sido presente da minha avó. Também perdi um deles, meses depois, de tanto usá-los e contar às pessoas sua origem. Não sofri muito quando perdi. Mais uma vez lembrei da minha mãe. Perder um brinco é um elogio a ele.

O FILME ACABA. O sussurro do ator desiludido no ouvido da atriz solitária. Eles estão em Tóquio, mas, naquele momento, poderiam estar em qualquer lugar — o lugar onde duas pessoas se despedem. O Japão, por sua vez, continua um mistério para mim, uma colagem de notícias. Homens com fetiches por colegiais, um homem que gastou quinze mil dólares para fazer um traje de cachorro, homens que, desonrados, pulam de cima de prédios, homens solitários que contratam mulheres para saírem para jantar, homens de terno que nunca se casam. A isso se misturam imagens de samurais, gueixas, um godzilla, contrabandistas de seda, tragédias de um ataque nuclear, cerejeiras floridas, lamens fumegantes.

É também numa profusão caótica de imagens que penso no futuro. Estou prestes a dar à luz uma pessoa, ou seja, oferecer ao futuro uma pessoa. Prevejo os mares afundando os continentes, os mortos pelo calor, os êxodos em busca de água limpa, a contaminação química dos corpos, o autoritarismo, o fim das abelhas, o fim da esperança. Porque imaginar futuros tem sido sinônimo de imaginar distopias. A crise de imaginação é seletiva: só não consegue imaginar boas saídas. Para o fim da humanidade, abundam propostas.

NADA PERMANECE, eu digo a mim mesma, ecoando os budistas. Meu corpo, o planeta, o corpo no meu útero, os corpos de todos que vieram antes e todos que virão depois: dos ácaros que viveram sob a cama de Tomoe Gozen aos ossos da nossa cachorra, do grafite do meu lápis aos cabelos do meu tataraneto: tudo é a mesma matéria. Meu companheiro me dá um beijo, a voz soando suave: fica tranquila.

NO BAIRRO ONDE moram, o mestre zen-budista e a mulher impermanente perderam muitas batalhas na tentativa de salvaguardar vestígios do passado. Ele queria impedir que a prefeitura cortasse a figueira do pátio. Majestosa, a árvore envolvia os fios de luz e, velha, ameaçava quebrar o tronco no próximo temporal. A mulher queria impedir a multiplicação de edifícios altos demais e defendia que a paisagem também é um direito. Hoje, no lugar da figueira, resta uma coisa que é mais que um toco, mas menos que uma árvore. Os fios de luz passam bem, riscando o ar com retas tediosas. Foge o beija-flor. Na sombra do arranha-céu. Cidade sem sol. O futuro é um haikai apocalíptico.

Tempos violentos

Silas acorda ainda um pouco bêbado. Passa pela sala cambaleando e vai à cozinha para ligar a cafeteira. Lorena está tostando pães sobre uma chapa de ferro. Ele dá um beijo na cabeça da mulher e pega o pó de café no armário aéreo.

Já se sabe quem está no governo hoje?

Lorena alonga um bocejo. *Não faço ideia. Ainda não olhei.*

A cafeteira borbulha. Silas enche a xícara até a borda e volta para a sala. Liga a televisão e troca os canais a toda velocidade. Está cada vez mais difícil encontrar noticiários. Dizem que só restam jornalistas em São Paulo, mas ele não sabe se deve acreditar. Estaciona na imagem de um homem de terno puído que está parado em frente a uma janela pela qual se vê apenas um céu acinzentado. O homem segura um microfone na mão, mas o braço está caído junto ao corpo. Ele olha para a câmera, um rosto que não expressa nada.

A voz de Lorena chama Silas. Ela veio se escorar no marco da porta.

O que houve com esse aí?

Não sei, ele responde. *Talvez o som não funcione.*

É Lorena quem se aproxima do aparelho e aperta botões que não ajudam em nada. Não ouvem som algum, sequer o chiado da falta de sintonia. Ela senta ao lado de Silas. Na tela, observam o homem, que parece observá-los enquanto tomam café. A cena se coloca em movimento quando o homem se abaixa e, de cócoras, pousa com cuidado o microfone no chão. Com a mesma mão, puxa das costas um revólver. Silas e Lorena trocam um breve olhar enquanto tomam golinhos do café muito quente. O homem de terno se ergue de novo, leva o revólver até a têmpora e puxa o gatilho. Não é a primeira vez que Silas e Lorena veem uma morte em transmissão ao vivo, mas é a primeira que não emite som, e, talvez, mais do que pelo sangue que escorre agora da cabeça caída, essa morte os perturba por seu espantoso silêncio. Ninguém mais está tomando café, talvez em lugar nenhum.

Alice encontra os pais ainda quietos no sofá. Não suporta mais aquela obsessão deles em procurar notícias, ainda mais na televisão, meu deus do céu, quem é que ainda vê televisão hoje em dia? Uma imagem tosca de um morto no chão e os pais ali, feito uns idiotas no sofá. Adoram notícias, adoram os seus mortos das notícias, adoram saber quem está ocupando a cadeira da presidência, como se fizesse alguma diferença. Faz mais de três meses que não chove, todo dia uma centena de velhos morre de calor, a água cada vez mais cara, eles mesmos já gastam metade do que ganham em água potável, e os dois patetas continuam ali, querendo saber quem veste a faixa presidencial. Lorena olha devagar para Alice.

Vai sair, minha filha?

Pra faculdade. Todo dia 5 tem aula presencial, lembra?

Claro, claro. Eu lembro. Tem que reconfigurar o chip, né? Tá certo.

Vocês deviam aproveitar e vir comigo pra se atualizarem. Nesses programas vazios de vocês não deve ter aparecido, mas, ano que vem, quem não tiver chip não vai mais ser colaborador, e aí como a gente fica? Só a minha comissão não é suficiente pra nós três.

Apenas agora Silas se move no sofá e o que ele faz é levantar calado, encarar a filha com um olhar bruto e se retirar para dentro do apartamento. Para Alice, o pai vive numa realidade paralela, se recusando há cinco anos a colocar o chip. *Não sou gado pra ser marcado*, ele reclama, enquanto a filha tenta explicar que a GooTech não vai dar uma comissão pra todo mundo em troca de nada, que, mesmo que eles sejam comunistas, continuam sendo uma empresa e, se estão dispostos a contribuir com a renda universal, é porque esperam que os colaboradores — ora essa! — colaborem, que aceitem compartilhar os dados que o chip recolhe dos seus corpos. *Além disso, nem faz diferença, nem dá pra sentir nada debaixo da pele e...* Mas quando Alice chega nessa parte do seu discurso já está falando com as paredes, pois há muito o pai bateu a porta do quarto e a mãe está na cozinha hidratando os fungos para o almoço.

LORENA ABRE A PORTA devagar e desenha um feixe de luz sobre o qual ela avança a passos leves. Silas está sentado na beira da cama, as costas arqueadas, e chora. Lorena já adivinhava. Conhece as tristezas do marido, e as brigas com a filha sempre o deixam assim: derrotado. Abre as janelas para que o sol entre, senta ao lado dele e esfrega uma mão sobre suas costas.

Ela já nasceu nesta época, diz baixinho perto da orelha de Silas. *Este é o único mundo que ela conhece.*

Ele faz que sim com a cabeça. Sim, ela nasceu nesta época. Sim, este é o mundo. Sim, é preciso sobreviver. Um chip na pele, sim, isso é muito melhor do que a pobreza, sim, é como um salário sem esforço e sem trabalho. Sim, isso não é nada comparado com a época deles, de desespero e guerra e fome. Sim, mas quando foi exatamente que eles aceitaram o novo regime sociotecnológico, quando foi que o regime passou a se chamar assim? Mas é isto: a história da humanidade se desenrola aí, a partir de um arrependido porém inequívoco *sim*.

Você se lembra, ele pergunta fungando, *como nós odiávamos aquele ordem-e-progresso na bandeira? O que era mesmo que a gente queria no lugar?*

Lorena pensa um pouco. Estende o corpo sobre a cama e sorri para o teto. *Amor, eu acho. Amor e igualdade. Ou talvez justiça.*

Amor! Que idiotas, Silas retruca.

A gente era jovem, diz Lorena, oferecendo a mão para que Silas a tome. E ele toma, e beija, e busca nos olhos da esposa alguma coisa.

Silas deita ao lado dela e, se encolhendo, abraça a mulher como quando acreditavam e decidiram que — sim — teriam a filha, pois acreditavam. Acreditavam com fervor no porvir, e colocar um ser humano no mundo é sempre um ato de esperança. Ele remexe os cabelos cacheados de Lorena e pergunta:

Você acha que foi naquela época que a gente virou a curva errada? Quando, ao invés de amor e igualdade, *eles ganharam o plebiscito pro* quem não deve não teme, *será que foi aí?*

Lorena tem os olhos fechados agora. Silas acha que ela ainda é uma mulher muito bonita, mas não tem certeza. Ela balança a cabeça.

Não, acho que foi antes. Muito antes. Talvez antes da gente nascer. Talvez nossos avós tenham virado a curva errada. Talvez os avós deles é que tenham. Sei lá, talvez a gente possa voltar assim até o pobre do Noé, que devia ter salvado uns mamutes a mais e abandonado os filhos na enchente.

Ela ri do próprio comentário. Silas não.

NO ÔNIBUS, Alice ignora os bancos vazios e senta ao lado de uma senhorinha idosíssima. Quer ver o próximo episódio do seriado que escolheu para a semana, mas, da última vez que colocou os óculos virtuais no ônibus, um pervertido se aproveitou da sua cegueira momentânea e se masturbou bem do lado dela. Claro que os sensores captaram e os policiais o retiraram do convívio comunitário antes mesmo que ela chegasse ao ponto onde desceria, mas é sempre um constrangimento. Então ela se acomoda no banco e ajusta os óculos na cabeça, mas, antes que dê play, a senhorinha suspira alto, como apenas as pessoas carentes sabem suspirar, e diz *minha filha, você tá vendo aquilo?*, mas é óbvio que Alice não está vendo aquilo porque está vendo o fundo apagado dos óculos, então ela suspira como apenas as jovens da geração hashtag sabem suspirar e remove os óculos da cabeça e olha pela janela na direção do dedinho enrugado apontado pra fora. *É um bloqueio*, Alice diz, mas a senhora sacode a cabeça. *A essa hora não tem bloqueio, eles estão desenterrando alguma coisa*. Alice estica o pescoço e vê: equipes uniformizadas trabalham produzindo um buraco imenso que ocupa parte da avenida e toda a calçada. O cobrador se aproxima com o leitor biométrico e, enquanto aponta para a íris de Alice e depois da senhorinha, elas perguntam se ele sabe o que estão cavando lá fora. Ele dá de ombros. *Sei lá*, diz, *acho que vi uns ossos*, e se afasta até os próximos passageiros. Alice bufa. Claro que ela concorda que os cobradores precisam de um emprego, mas é difícil não concordar com quem defende o sistema automático de reconhecimento facial quando os cobradores são tão inúteis e antipáticos e cheios de má vontade. Alice se levanta e vai até um banco livre para poder colocar a cabeça para fora. Tenta identificar a que empresa pertencem aqueles uniformes, mas não reconhece o logotipo. Pega o celular e ele desbloqueia a tela já com três notificações: *Ampliação da avenida Global causa lentidão no trânsito*; *Detritos não identificados em obra de avenida serão incinerados pelo município*; *Veja rotas alternativas para vias em restauração*. Alice volta para seu assento tranquilizada. Manda um print da tela para os colegas de aula e avisa que vai chegar atrasada. A senhorinha ao seu lado vê com espanto alguma coisa na rua e faz o sinal da cruz um segundo antes de Alice recolocar os óculos.

LORENA TEM APENAS uma cliente hoje, e ela chega pontualmente às dez da manhã. Lorena a guia para a pequena sala de beleza nos fundos e, sem demora, começa a lavar os cabelos da moça. Massageia com cuidado o couro cabeludo. A água está morna e faz correr uma espuma suave e perfumada. Repete o ritual com o condicionador e depois, com sorrisos, guia a cliente de volta à porta de saída. Tem muita saudade de quando elas vinham para cortar o cabelo, mas sente-se grata que pelo menos parte do trabalho não pode ser realizada pelos autômatos, e mais grata ainda pela ideia da filha de continuar oferecendo apenas a lavagem, agora sob o nome de massagem capilar do neossagrado feminino. A clientela ainda é pequena, mas, segundo a filha, o serviço vem ganhando força nos grandes centros de autocuidado. Lorena só precisa achar o jeito certo de chegar no seu público.

Estala as juntas dos dedos depois que a cliente vai embora. Grita para Silas que ele já pode voltar à sala, e o marido aparece com um fiapo de livro numa mão e os óculos de leitura na outra. Não entende por que o ambiente precisa parecer livre de masculinidade para as clientes, mas aceita. Ele se aproxima da esposa e a abraça de um jeito rápido e delicado. Diz para provocar: *as tuas pensadoras feministas iam rir muito disso se estivessem vivas*. Lorena até acha graça, mas tem um engasgo na garganta que não lhe permite dar risada. Ela encheu o quarto de Alice com as obras das tais pensadoras feministas e tem certeza de que ela nunca abriu um livro sequer. A filha até aceitou os presentes de bom grado: *superlegal saber da história, mãe, ainda bem que a gente já não precisa mais disso, né?* E Lorena perguntou *será mesmo, minha filha?*

Mas Alice confirmou: *todo mundo pode ganhar a mesma coisa agora, é só querer*. E Lorena disse *sim, ainda bem que nada disso importa mais*.

Alice volta tarde. Está risonha e traz sacolas de supermercado penduradas nos braços. O pai está de pé na sacada e toma uma cerveja, observando a rua. *Pai*, ela chama e se aproxima, alegre, contando que deu muita sorte, porque conseguiu ser uma das primeiras a resgatar um cupom incrível do Totally e ganhou um descontaço em bebidas e fármacos e deu para comprar não só dois pacotes de cerveja como também aquele novo uísque orgânico que tinha sido anunciado nas projeções socioinformativas outro dia. O pai olha para a filha e, no rosto dele, iluminado pelos drones de vigilância noturna, quase se nota um sorriso. Alice já está servindo uma dose para cada e exige um brinde antes de ir colocar a cerveja na geladeira. *Aos cupons*, ela sugere, e Silas aceita. Aos cupons, sim.

Depois da cozinha, ainda carregando o copo, Alice vai até o quarto dos pais e chama pela mãe. Ela responde de dentro do banheiro. Está aplicando impulsos elétricos entre as rugas. Alice senta sobre a pia, toma o aparelho das mãos de Lorena e assume a tarefa de percorrer o rosto da mãe com os microchoques restaurativos. *Te trouxe um remédio novo pra dormir*, Alice comemora, *acho que tu vai gostar porque ele promete bloquear totalmente a audição, então tu não vai acordar com as sirenes*. A mãe agradece, garante que vai experimentar hoje mesmo. *Cumprimentou teu pai?*, Lorena pergunta, e Alice sacode no ar o copo quase vazio.

Tentem não exagerar hoje, a mãe diz, ou sugere, ou pede.

O que eu vou fazer? O pai só é divertido quando fica bêbado.

Alice ri do próprio comentário. Lorena não.

Teu pai depois acorda mal.

Acorda mal porque vocês ficam vendo aquela gente se matando na televisão.

Não é pra isso que a gente vê televisão, filha.

Alice desiste de falar, devolve o aparelho para a mãe e termina o copo num gole. Ela sabe que não é por isso. Diz para a mãe que mesmo assim eles deviam botar fora aquela velharia. *Dá pra se informar muito mais rápido pelo aplicativo do GooTech e não tem gente se dando tiro na cabeça.* Lorena não responde, e a filha não insiste. No fundo Alice sabe que, procurando transmissões ao vivo, eles estão se despedindo do passado. Os pais adoram quando as encontram, mesmo que hoje elas sejam sempre imagens cruas e com pouca resolução. Se for ao vivo, eles são capazes de ver qualquer coisa, desde um vazamento de óleo a um engarrafamento de trânsito. Um suicídio talvez seja das coisas menos entediantes que encontram. Alice dá um beijo na bochecha da mãe e volta para perto do pai.

Eles vão beber juntos até uma ou duas da manhã. Vão se divertir comentando as conversas dos vizinhos que ele ouviu durante o dia e as novas habilidades que ela adquiriu durante a aula. O pai vai narrar as fofocas do prédio e os dois vão concordar que os vizinhos são uns ignorantes. Ela vai tentar ensinar para o pai umas novas funções do celular e ele vai se atrapalhar com os comandos da biometria. Eles vão rir juntos, vão terminar com as cervejas, mas Alice vai sugerir que eles guardem o resto do uísque para outro dia porque o pai vai ter começado a contar as suas velhas histórias de revolução, de paixão e de lutas, levantes e multidões nas ruas e tantas outras coisas que Alice chama de *aqueles tempos violentos*, e isso sempre faz o pai chorar.

Runas

Eu nunca mais vou conseguir escrever, anuncio para o meu companheiro no momento em que desisto de limpar uma mancha de vômito da minha camiseta porque o nenê acaba de vomitar de novo, agora na minha calça. Claro que vai, ele responde enquanto remove o nenê de cima de mim. Daqui a um tempo, ele termina de dizer. Faz três dias que eu não tomo banho, eu digo. Tu também vai voltar a tomar banho.

A cachorra sobe do meu lado no sofá e ensaia lamber o vômito do nenê, de modo que eu me levanto, vou ao banheiro, tiro a roupa e começo a chorar.

Não sei se o nenê nasceu há três semanas ou há vinte séculos, mas acho que foi umas três vidas atrás. Eu sei que já fui outra pessoa, mas não lembro se o nenê já foi outra pessoa. Tu é mesmo uma pessoa?, eu pergunto para ele no escuro. Ao contrário do que uma pessoa faria, ele não me responde. Tem pálpebras muito pequenas, não entendo como elas são capazes de funcionar. Tiro uma foto do rosto dele. Dou zoom em cima do olho, essas pálpebras não podem ser reais. Embaixo dessas pálpebras minúsculas, os olhos dele se mexem. Não é possível que ele sonhe. Meu filho, tu mal chegou no mundo, com o que tu seria capaz de sonhar?

Já que nunca mais vou escrever, decido revirar meus textos antigos na busca por algum que sirva para terminar o livro que o editor está me cobrando. *Me parece imprescindível*, ele disse no e-mail, *criar a amarração final, voltar pra voz da narradora protagonista*. Eu não sei se essa voz ainda existe ou virou apenas um eco na minha cabeça oca. Encontro nas minhas gavetas digitais um conto no qual uma mãe recente se dirige ao Caio Fernando Abreu para contar sobre um episódio traumático no qual seu filho quase morre. Que apropriado, eu penso, um conto que evoca Caio Fernando Abreu para terminar um livro no qual Caio Fernando Abreu já comeu até arroz com vagem. No conto, a mãe recente fala sobre as runas que pertenciam ao autor. Foi escrito para um livro em homenagem a ele, e as runas da vida real estão num acervo protegido por uma universidade. Me ocorre fazer uma nova versão do conto, falseá-lo. Agora queria contar uma história de mãe recente que em meio a surto existencial invade instituição de ensino e furta runa que pertenceu a famoso escritor.

Nessa terceira ou quarta vida que estou levando, eu não saio, nem durmo, nem enxergo nada além destes sessenta e dois metros quadrados nos quais primeiro criamos um quarto com desenhos de nuvenzinhas na parede e depois adicionamos uma televisão que nunca antes tínhamos desejado para que eu assista enquanto amamento, e agora eu olho em volta e me pergunto se moro mesmo aqui ou se isso é um sonho, se esse lugar é uma representação simbólica de algo que não sei interpretar. Os brancos só sonham com eles mesmos, disse Davi Kopenawa. Eu não durmo nem sonho, mas alucinei essa vida para mim, acho que inventei esse filho, acho que estou numa viagem que talvez tenha começado doze anos atrás quando eu tomei LSD e senti que fazia parte de um rio, mas talvez tenha começado quando a primeira mulher abriu as pernas e se deparou com o primeiro filho, porque essa parece uma alucinação da qual a espécie não se recuperaria, mas também pode ter sido muitos milhões de anos atrás, quando nós saímos da água, quando os mamíferos julgaram uma boa ideia caminhar sobre a terra, acharam uma boa ideia esse negócio de evoluir, andar em duas patas, colonizar continentes, viajar à lua, comprar televisões para mulheres no puerpério.

Olho para o nenê enquanto ele dorme amolecido no carrinho. É um pouco hipnótico o meu filho, e eu não entendo o porquê, ele não é assim tão interessante. O ruído da televisão parece tranquilizá-lo. As luzes da tela iluminam a sala enquanto a voz em off do noticiário afirma que em agosto a humanidade já consumiu todos os recursos naturais que o planeta é capaz de gerar em um ano. O rosto do meu filho fica alaranjado pelas imagens das queimadas no Pantanal. Viro o carrinho mais para o lado, mais para a sombra. Que enrascada essa que a gente se meteu, meu filho. As menores ilhas do Pacífico vão desaparecer em 2035, a água limpa vai acabar em 2050, o calor vai matar quarenta milhões de pessoas até o fim do século, e tu supostamente pertence à geração que teria capacidade de viver até os cento e cinquenta anos. Que piada, não é? Um dia nós ainda vamos rir disso. Desde que seja logo.

Por ser um defensor da autonomia dos seres, meu pai quis não ensinar nada ao último cachorro que teve. Deixar que ele fosse quem ele era, um animal com seus instintos. Os adestradores defendem o adestramento porque garantem que um líder forte é uma necessidade para os cães, que eles precisam de alguém que os oriente na vida. Eu não sei em quem acreditar, mas é fato que meu pai criou um animal amedrontado e inseguro. Um cachorro que, por falta de condução, sempre pareceu menos cachorro.

Alguém coloca um microfone na frente do Ailton Krenak. Ele diz que é preciso ter diversidade, não isso de uma humanidade com o mesmo protocolo. Eu continuo amamentando e troco a televisão por um podcast. Antônio Bispo dos Santos fala que os brancos precisam aprender com os povos tradicionais, porque eles se veem como parte da natureza e não têm o desejo de um mundo sintético. Eu tenho muito a aprender, mas não saio do meu apartamento no terceiro andar de uma metrópole com cada vez menos habitantes. Ouço podcasts sobre sustentabilidade enquanto jogo no lixo mais uma fralda descartável. Sinto o dever da culpa, mas não sinto a culpa. Eu seria capaz de me alimentar com plástico, seria capaz de queimar todo o petróleo do pré-sal, de contaminar todos os lençóis freáticos do país, de derrubar cada árvore que resta da Mata Atlântica ou de ir caçar com as minhas próprias mãos o último espécime de atum vivo, se apenas uma dessas coisas me garantisse uma noite inteira de descanso.

Começo a imaginar como a minha personagem faria para invadir o museu da universidade e roubar uma runa. É um acervo bem armazenado, seria necessário marcar hora. Depois nos dão luvas para não estragar as peças. Minha personagem precisaria criar uma distração e afastar a monitora por alguns instantes. Será que eles contam as runas antes de guardá-las? Se a minha personagem levar seu nenê, poderia pedir que a monitora o segurasse enquanto ela analisa o material. Isso poderia bastar para que ela ganhasse um segundo de desatenção e surrupiasse uma das runas. São pedrinhas pequenas, cabem em qualquer bolso.

Anos antes de não adestrar seu cachorro, mas já sendo um defensor da autonomia dos seres, meu pai convenceu minha mãe a não furar as minhas orelhas quando nasci. Nos anos 80, meninas sem orelhas furadas causavam diálogos desconcertantes, e eu recebia olhares de pena porque, quando furasse as orelhas, sentiria dor. Não tinham a mesma pena dos bebês. Tampouco passava pela cabeça de ninguém que eu poderia escolher nunca furar as orelhas. Não passou nem pela minha cabeça, pois, aos doze anos, fui a uma farmácia submeter meus lóbulos a uma pistola de pressão. Uma menina que, mesmo sem condução, caiu na armadilha de ser menina.

Uma amiga passa na minha casa para deixar comida congelada. Ela pergunta como estão as coisas. Tu que me diz, eu respondo, nem sei mais que coisas existem fora daqui. Ela ri, me conta duas ou três fofocas de pessoas da minha vida passada. Ela acha engraçado que eu diga minha vida passada. Tu acha que tu mudou tanto assim, tão rápido? Acho que sim, pelo menos por enquanto, agora tudo parece muito definitivo mas absolutamente temporário, então acho que agora eu sou uma pessoa que eu ainda não conheço. Minha amiga espreme os olhos e deita a cabeça para o lado, igual à nossa cachorra quando não entende o que falamos. O que eu quero dizer para ela é que quando, antes do filho, apareciam notícias sobre as baleias afundando barcos no Mediterrâneo, sobre tigres estraçalhando grupos de caçadores, sobre ursos atacando acampamentos, eu era o tipo de pessoa que dizia *bem feito! Bem feito pra esses idiotas*, pois sempre estive na torcida pelos animais, na torcida pelos selvagens, mas agora eu tenho esse nenê mal e mal inaugurado na vida, esse princípio que não se sabe onde vai dar, e, quando olho para essa promessa de porvir, eu não consigo mais torcer pelos tigres, não consigo mais desejar nenhuma destruição, me tornei essa mulher que se alimenta de absurdos, como a esperança ou a fé. Eu me tornei essa figura ridícula que torce pelos humanos.

E, pior, que acredita.

Eu já fui mais inteligente, tenho certeza disso quando mando uma mensagem para o meu companheiro perguntando se gengibre é uma raiz ou um tubérculo, algo que eu poderia ter conferido na internet, mas ando com poucos assuntos com ele afora o nenê, de modo que me parece uma boa ideia levantar um tópico leve. Dizem que a gravidez pode reduzir 30% da capacidade cognitiva de uma mulher, e eu não acho que tivesse o suficiente para poder abrir mão dessa parcela. Por sorte, é um dado de fontes não confiáveis, de modo que ainda posso me aferrar à dúvida, ainda posso me convencer que não emburreci, ou ao menos não para sempre. *Acho que é uma raiz*, meu companheiro responde, e eu percebo a secura daquele assunto, o modo como não tenho mais nada a dizer sobre isso nem sobre nada mais.

Certas estavam as baleias que voltaram para o mar.

Concluo que é melhor que a minha personagem vá sozinha roubar a runa no acervo do Caio Fernando Abreu. É uma missão pessoal, tanto melhor que ela esteja sem o filho a tiracolo. Tenho que fazer com que essa transgressão simbolize algum tipo de salvação, mas que não soe sentimental. Apenas um gesto mínimo que recupere a sua sensação de ser um indivíduo, uma vitória contra a maternidade. Uma mulher que, ao cometer um pequeno crime, reencontra um caminho para ser quem é.

Como assim as baleias voltaram para o mar? São mamíferos, diz a minha amiga, todos os mamíferos evoluíram na terra, mas as baleias em algum momento voltaram a morar na água. Minha amiga tem quadros de baleia na parede, uma baleia tatuada no braço. É por isso que tu gosta delas?, eu pergunto. Não sei, ela diz, acho que eu gosto de como elas são grandes e potentes e calmas.

Os mamíferos que deram certo.

Anos antes de eu furar as orelhas e meu pai não adestrar seu cachorro, minha mãe o convenceu a me matricular em aulas de natação, mesmo que eu não quisesse. Embora ela também já fosse uma defensora da autonomia dos seres, reconhecia que crianças nem sempre agem em prol de sua própria preservação. Eu era a mais jovem na turma de natação, o que significa que era pior em tudo, a mais fraca e mais lenta entre meus colegas. Mas eu sabia mergulhar. Perdia todas as disputas de velocidade, mas ninguém me ganhava na apneia. Minutos debaixo d'água, sem que ninguém tivesse me ensinado. Pulmões que sobreviviam, por sua própria natureza.

Se a minha personagem for sozinha à universidade, ela precisará de um plano melhor para roubar a runa. Em vez do bebê, talvez ela precise levar um objeto para entregar na mão da monitora do acervo e distraí-la. Nada, porém, teria o mesmo poder de captar a atenção como um bebê. Um guarda-chuva? Um cachecol? Uma bengala? Ela poderia fingir uma lesão e ir de bengala, fingir uma queda, uma torção de tornozelo, fazer com que a monitora saia da sala para buscar socorro e ela ganhe os segundos necessários para surrupiar a runa. Essa versão talvez a obrigasse a ser levada ao ambulatório e ouvir recomendações de compressas de gelo ou bolsa de água quente. Talvez ela consiga passar por isso. É uma má atriz, mas talvez com motivações suficientemente fortes ela conseguisse.

Onde estavam com a cabeça os mamíferos marinhos quando levaram seus pulmões para baixo d'água? A depender da espécie, as baleias conseguem ficar de quinze minutos a duas horas submersas e depois precisam visitar a superfície. É absurdo. Animais que respiram mas vivem imersos. Deslocados. Animais que vieram à terra mas desistiram dela. Diferente do que somos nós, animais que atravessaram os mares e dominaram terras que não eram suas. Animais que tomaram posse. Animais que não sabem recuar. Que veem no oceano um lugar de descarte. Olham para uma baleia e só conseguem pensar em colonizá-la com um homem, fazer esse homem ocupar sua barriga, passar três noites na sua barriga e agradecer a forças divinas quando finalmente é cuspido para fora. Como se fosse grandes coisas sair da barriga de um mamífero, como se não tivéssemos saído todos.

Depois há o problema do que eu faria com a minha personagem uma vez que ela tivesse conseguido roubar uma runa do Caio Fernando Abreu. Uma runa não serve para muitos propósitos, se não se acredita nas suas capacidades místicas. No final do conto antigo, a personagem narra como sai de casa e vai num posto de gasolina comprar cigarros que ela parou de fumar há anos. Naquela tarde, o filho dela tinha quase caído do terraço, mas ela o segurou por uma das pernas. Então ela sai de casa enquanto o marido toma banho, compra cigarros avulsos e fica caminhando e conversando com o Caio Fernando Abreu que mora na sua cabeça sobre essa vida de mãe, e o conto termina no momento em que ela confessa que, enquanto segurava o filho pelo tornozelo, se perguntou por um segundo o que aconteceria se o soltasse. Foi um bom final, eu penso, dá um fechamento dentro da tradição do conto moderno: revelação, surpresa e inevitabilidade, fim. Mas qualquer mãe sabe que é um final falso, que ali a história está apenas começando. Os cigarros vão acabar, o filho vai continuar, alguém vai colocar telas de segurança no terraço e vão se passar vinte anos. Talvez a personagem do texto que nunca vou conseguir escrever possa roubar a runa dagaz, que parece uma ampulheta deitada e representa um novo dia. Talvez eu não precise achar um enredo para essa personagem, talvez ela só precise ir fazendo coisas e desviar do fim.

As orcas cuidam dos filhotes machos pela vida inteira. Das filhas fêmeas, não; estas se tornam independentes e vão viver suas vidas. Mas os machos são uns anexos para sempre. Acompanham as mães até a vida adulta, ganham comida delas quando já estão plenamente desenvolvidos. Talvez mamíferos que não deram tão certo assim. As girafas já nascem de pé.

Troco de canal em busca de algum recôndito selvagem que eu ainda não conheça por meio da voz calma do locutor do Discovery Channel. A gazela pressente a proximidade da leoa, o locutor anuncia com neutralidade. Meu filho começa a chorar, está chateado porque não consegue sustentar o próprio pescoço. Ele sente falta de muitas coisas. De tônus muscular, o tempo todo. De mim, quando vou ao banheiro. Do pai, quando ele sai para trabalhar. Da existência amniótica, quando não o contenho. De silêncio, quando a cachorra late. De atenção, quando não o observamos. De comida, quando o leite demora a sair. É bom que seja assim, eu digo para o meu filho. É importante que tu sinta falta, o desejo começa aí. Ele continua chorando porque não entende. Sinto um cansaço profundo diante de tudo que meu filho não entende e eu terei que explicar. Penso em deixá-lo livre como meu pai fez com seu cachorro, mas temo que ele se torne menos humano. A falta, eu repito para ele. Eu gostaria de também sentir tua falta e assim poder voltar a te querer.

É mais fácil imaginar o fim do mundo do que o fim do capitalismo?, se pergunta Mark Fisher, como se houvesse cabimento para aquele ponto de interrogação. Mando uma mensagem para minha amiga e pergunto o que ela colocaria no lugar do capitalismo. *Se o capitalismo pudesse acabar*, eu esclareço numa segunda mensagem. A minha amiga sabe que estou louca, mas ela gosta de mim, então finge que está tudo bem. Responde que talvez a gente devesse reinventar o socialismo. *E tem como?*, eu pergunto. *Não sei, talvez devesse ser uma coisa nova*, ela responde. *Mas como a gente faz pra imaginar uma coisa nova?*, eu logo rebato. *Desculpa, amiga, agora preciso voltar pro trabalho aqui.*

Talvez não seja possível inventar uma coisa nova, talvez a gente deva voltar a uma coisa antiga. Não colocar nada no lugar do capitalismo, apenas abandoná-lo e retornar para o fundo do mar, aos pouquinhos. Tomo nota desse pensamento, suspeito que ele seja a coisa mais lúcida que me ocorre em meses, mas quando termino de escrever já duvido de mim mesma.

Mas as orcas são golfinhos. Quê?, eu pergunto enquanto me acomodo na poltrona com o nenê. As orcas são grandes como baleias, mas são golfinhos, diz o meu companheiro. Ah, por isso elas são tão inteligentes. Acho que sim. Mas os golfinhos também são mamíferos, certo? São, sim. Então eles também caminharam sobre a terra. Quê? Eles também visitaram a terra e decidiram voltar pro mar. Não sei se eles já eram golfinhos nessa época. Tu pode ficar em casa amanhã de tarde?, eu queria dar uma saída.

Existe um pequeno povo asiático que é geneticamente mais adaptado ao mergulho do que o resto de nós. Os bajaus têm um baço maior e ficam mais de dez minutos debaixo d'água, quase igual à menos habilidosa das baleias. Uma mutação no DNA que ninguém entendeu ainda, mas aí está. É minha parte preferida nos documentários da National Geographic, quando os cientistas dizem isso nós não sabemos, não entendemos, não somos capazes de explicar, mas aí está. Poucas coisas me apaziguam tanto.

Reflexo de mergulho é como chamam a resposta do corpo mamífero debaixo d'água. Redução dos batimentos cardíacos, contrição dos vasos sanguíneos nas extremidades do corpo empurrando o sangue para o coração e o cérebro, e encolhimento do pulmão para lidar com o aumento da pressão externa. Os mergulhadores raramente passam mal no fundo do mar, eles tendem a colapsar quando retornam à superfície. Temos um reflexo de mergulho, mas não nos saímos muito bem em voltar à tona. Há mergulhos que são para sempre, suponho.

Abro a porta do apartamento e entro em pânico com o silêncio, imagino acidentes e tragédias. Mas então vejo meu companheiro deitado no sofá com um livro na mão. Ao lado dele, nosso filho está dormindo seu sono de mistério. Pegou muita chuva?, ele pergunta num sussurro ínfimo. Sorrio e aceno a cabeça em sinal de não. Me sento no chão com os braços apoiados sobre o sofá, observo o rosto bonito do meu companheiro, a novidade das suas olheiras arroxeadas. Vocês passaram bem a tarde?, eu pergunto também quase sem voz. Ele acena a cabeça em sinal de sim. Acho que ele está me aceitando como pai, responde. Eu me levanto, dou um beijo na cabeça do meu companheiro, sopro um beijo na direção do nenê e vou ao quarto. Me aproximo do berço que agora se avizinha à nossa cama. Foi a primeira vez que passei uma tarde longe do meu filho. Se tudo der certo, ele pode viver até o ano de 2100; se tiver sorte, se comer as verduras certas ou proteínas de laboratório ou insetos fritos. E se tudo der errado, ele pode tentar voltar para o mar, aprender a recuar. Ergo o travesseiro dele. Acomodo ali, com todo cuidado, com uma fé enorme em qualquer coisa, a pequena runa wyrd, a runa sem inscrições.

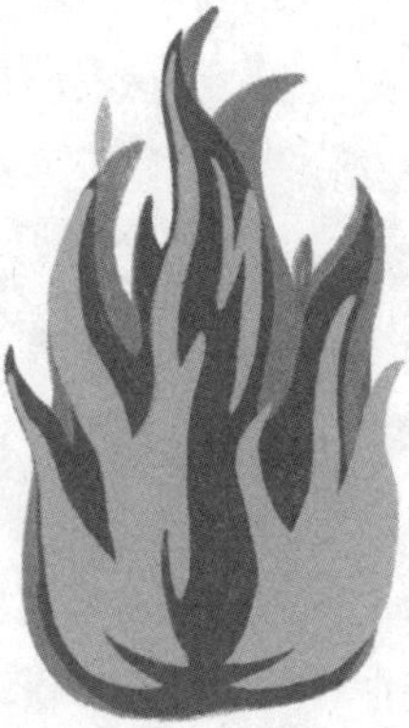

AGRADECIMENTOS

À minha mãe e ao meu pai, por terem um dia embarcado nessa ideia de ter filhos. Aos meus irmãos, por sermos os filhos que somos.

Aos épicos Caroline Joanello, Dani Langer, Fred Linardi, Leila de Souza Teixeira, Mariam Pessah, Moema Vilela e Nathallia Protazio, pela companhia na vida e na literatura e por terem sido as atentas e sinceras primeiras leitoras de tudo isto.

Ao Felipe, por comigo imaginar, desimaginar e reimaginar futuros.

A Gabi Salvarrey, pelas baleias. A Ana Laura, Camila e Emily, sempre.

Às turmas da Escrita Criativa, que por vias diretas ou oblíquas, estão presentes nesta história.

Ao Rosp, pela provocação de criar este livro, ao Gustavo, por enxergar que era um romance, à Samla, pelos necessários cortes e ajustes, e a toda a equipe da Dubli pelo entusiasmo.

E às amigas e aos amigos, por quem vale a pena viver e criar.

Copyright © 2024 Julia Dantas
em acordo com MTS Agência

CONSELHO EDITORIAL
Eduardo Krause, Gustavo Faraon, Nicolle Garcia Ortiz, Rodrigo Rosp e Samla Borges

PREPARAÇÃO
Rodrigo Rosp e Samla Borges

REVISÃO
Evelyn Sartori

CAPA
Kalany Ballardin

PROJETO GRÁFICO
Luísa Zardo

FOTO DA AUTORA
Felipe Schroeder Franke

DADOS INTERNACIONAIS DE CATALOGAÇÃO NA PUBLICAÇÃO (CIP)

D192m Dantas, Julia.
A mulher de dois esqueletos / Julia Dantas.
— Porto Alegre : Dublinense, 2024.
160 p. ; 19 cm.

ISBN: 978-65-5553-140-4

1. Literatura Brasileira. 2. Romance Brasileiro. I. Título.

CDD 869.937 • CDU 869.0(81)-31

Catalogação na fonte:
Eunice Passos Flores Schwaste (CRB 10/2276)

Todos os direitos desta edição
reservados à Editora Dublinense Ltda.
Porto Alegre • RS
contato@dublinense.com.br

Descubra a sua próxima
leitura na nossa loja online

dublinense .COM.BR

Composto em TIEMPOS e impresso na SANTA MARTA,
em PÓLEN BOLD 90g/m², no INVERNO de 2024.